「――よう、やっぱりお前が出てきたな」
戦場の最中、『英雄』――レイド・フリーデンは
身の丈を超える大剣を担ぎ上げる。
本来なら、敵の言葉に耳を貸す人間はいない。
しかし……空中に浮かぶ
『賢者』――エルリア・カルドウェンは
静かに言葉を返した。
「――うん、レイドがいるって聞いたから」

レイド・フリーデン
かつて『英雄』と呼ばれた規格外の強さを誇る青年。魔法は使えないが英雄としての力は有したまま千年後の世界に転生を果たす。再会したエルリアから婚約を申し込まれ――!?
エルリア・カルドウェン
かつて『賢者』と呼ばれた魔法士の始祖たる美少女。レイドと同じく千年後の世界に転生を果たす。転生前の種族はエルフだったが、転生後は人間となっている。

ウィゼル・ブランシュ
レイドたちと同じクラス所属の魔装技師を志す青年。魔装技師の名家出身で、魔装具の研究のために魔法士科に通う変わり者。勉強熱心な努力家でレイドたちともすぐに打ち解ける。
ミリス・ランバット
レイドたちと同じクラスで魔法士を目指す少女。田舎出身の平民のため、同じく平民出身のレイドに親近感を覚える。初めて友達になってくれたエリアのことが大好き。

寝ている間にだいぶ身体をよじらせたのか、
裾も大きくめくれ上がって白い素足が露わになっている。
しかも、レイドが抜け出そうと動き出すと
――隣で寝ているエルリアがぎゅっとしがみつき、
もぞもぞと身体をよじらせる。
「んんっ…………んぅーはふ」

英雄と賢者の転生婚 1

～かつての好敵手と婚約して
最強夫婦になりました～

藤木わしろ

HJ文庫
1007

口絵・本文イラスト　へいろー

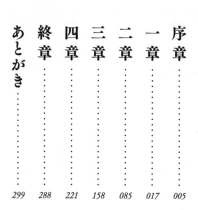

序章

とある国に『英雄《えいゆう》』と呼ばれた男がいた。

あらゆる武具を使いこなし、数多《あまた》の戦場に身を投じながら無敗、その生涯《しょうがい》を終えるまで一度も膝《ひざ》をつくことはなく、絶望的な状況《じょうきょう》を幾度《いくど》となく覆《くつがえ》してきた。

だからこそ、男は『英雄』と呼ばれ畏怖《いふ》されていた。

そして……とある国には『賢者《けんじゃ》』と呼ばれた女がいた。

魔術《まじゅつ》と呼ばれていた技術を『魔法《まほう》』という新たな形に昇華《しょうか》させ、劣勢《れっせい》であった戦況《せんきょう》を覆してみせ、魔法技術を普及《ふきゅう》させることで国全体の力を高めた。

だからこそ、女は『賢者』と呼ばれ讃《たた》えられた。

別々の国に生まれた、別々の才能を持った天才たち。

その二人の関係を一言で表すならば――


「――よう、やっぱりお前が出てきたな」

戦場の最中、『英雄』――レイド・フリーデンは身《み》の丈《たけ》を超《こ》える大剣《たいけん》を担《かつ》ぎ上げる。

本来なら、敵の言葉に耳を貸す人間はいない。

しかし……空中に浮《う》かぶ少女は静かに言葉を返した。

「――うん、レイドがいるって聞いたから」

消え入りそうな小さな声音《こわね》だというのに、その声は不思議とよく響《ひび》いた。

杖《つえ》に腰《こし》を掛《か》けたまま、少女は汚《けが》れ一つない銀髪《ぎんぱつ》を風になびかせている。

そして、レイドが生み出した惨状《さんじょう》を目《ま》の当たりにして顔をしかめた。

「……色々と壊《こわ》されると困る」

「ああ？　仕方ねぇだろ。お前らが補給ルートを確保したら、こっちの拠点《きょてん》が潰《つぶ》されて攻《せ》め入られちまうんだからよ」

「うん。それが目的だから……好き勝手にはさせない」

そう告げた瞬間《しゅんかん》、少女の周囲に無数の紋様《もんよう》が浮かび上がった。

『賢者』――エルリア・カルドウェンが作り上げた魔法という新技術。

「今日は、すごいの持ってきた」

「そいつは楽しみじゃねぇか。ついに何百戦目かの決着がつくんじゃねぇか？」

「今日で……六百二十九戦目になる」

「もうそんなにいってんのか。毎回律儀《りちぎ》に教えてくれてありがとよ」

「……だって、レイドが毎回忘れるから」

「仕方ないだろ。俺《おれ》はお前と違《ちが》ってバカなんだよ」

そう告げてから、レイドは大剣をエルリアに向ける。

「だが――『英雄』と呼ばれているからには、他の奴《やつ》らに無様な姿は見せねぇよ」

歯を見せて笑うレイドを見て、エルリアは静かに頷《うなず》いた。

「うん……わたしも『賢者』って言われてるから負けない」

魔法陣《まほうじん》が激しい光を放ち始めたのを見て、レイドは大剣を構えて臨戦態勢に入る。

それが――最強と呼ばれた『英雄』と『賢者』の日常だった。

しかし、両者の戦いに決着がつくことは無い。

それほどまでに両者は拮抗《きっこう》していた。

三日三晩、不眠不休《ふみんふきゅう》で戦い続けながらも、その動きは鈍《にぶ》るどころか鋭《するど》さを増し、まるで戦いを楽しんでいるかのように二人はいつまでも戦い続けていた。

二人の戦いが終わるのは、二人が戦っている間に両陣営《じんえい》の戦況が変化した時であり、二人は決着を次回に持ち越《こ》して自軍の救援《きゅうえん》や対処のために戻《もど》っていく。

そして、次の戦場でもまた顔を合わせ、再び剣《けん》と魔法を交える。
それが二人の日常であり、戦が起こる度《たび》に繰《く》り返し続けてきた。
そんな『英雄』と『賢者』の関係性について、レイドは一言で表すことができる。
『好敵手』
自身が全力を出すことができる唯一《ゆいいつ》の存在。
自分にとって、心の底から「楽しい」と思える戦いができる存在。
それがエルリア・カルドウェンという『賢者』だった。
だが、その関係は永遠には続かない。
どんな存在だろうと、『死』という終わりがある。
だから、この楽しい戦いにも終わりがくる。
いずれ両者の間に決着が付けられ、どちらが最強か決まる。

その終わりが訪《おとず》れたのは――二人が出会ってから五十年後のことだった。

「――『賢者』が死んだ?」
伝令を受け取った兵士の言葉を聞いて、レイドは皺《しわ》だらけの顔を歪《ゆが》めた。

「それは間違《まちが》いねぇのか、ライアット」

「は、はい……ッ！　ヴェガルタに潜入《せんにゅう》している密偵《みってい》から送られてきた急報のため、極《きわ》めて信憑性《しんぴょうせい》の高い情報だと推測されます……ッ!!」

「ハッ……マジかよ。先に死ぬのは絶対に俺だと思ってたのに」

真っ白に染まった髪《かみ》を掻《か》きながらレイドはぼやく。

エルリア・カルドウェンは人間ではなかった。

エルフと呼ばれる長命の種族であり、数百年の寿命《じゅみょう》を持っていた。

だからこそ繰り返される戦の中で、レイドは老衰《ろうすい》によってガタが来ている自分が敗北して死ぬのが二人の決着だと勝手に思《おも》い込《こ》んでいた。

なんとも歯切れの悪い終わり方だ。

「そ、その訃報《ふほう》を知った本国から、フリーデン閣下に王命が下されていますッ!!」

「なんだ、『賢者』が死んだからジジイの俺は用済みだって言われたか？」

「い、いえ……ッ」

一瞬《いっしゅん》、兵士は苦々しい表情を浮かべてから告げる。

「本国アルテインからの王命は……『賢者が亡《な》き今、その混乱に乗じて全軍を率いて隣国《りんごく》ヴェガルタに侵攻《しんこう》し、その力を以《も》って長きに亘《わた》る戦を終結させよ』とのことです」

その言葉を聞いた瞬間、レイドは言葉を失った。

「……おい、それは本気で言ってんのか」

レイドから溢《あふ》れ出た怒気《どき》によって、兵士がビクリと身を竦《すく》ませる。

しかし、兵士は佇《たたず》まいを直してから重苦しい表情と共に言葉を続けた。

「……私は旗手として閣下と共にあり、そして閣下と『賢者』がどのような想《おも》いを抱《いだ》いて剣を交えていたか理解しています。そして我々の命が無為《むい》に散ることがないように、その力が無力な我々に向かないようにしていたことを戦場に居た誰《だれ》もが知っております」

『英雄』と『賢者』と呼ばれる強大な存在がいながらも、両国における兵の損耗《そんもう》は過去の歴史と比べて極めて少ないものであった。

『英雄』と『賢者』が力を振《ふ》るえば、他の兵士に対して甚大《じんだい》な被害《ひがい》が及《およ》ぶ。

それを避《さ》けるために、レイドはエルリアとの一騎打《いっきう》ちを行っていた。

そして——おそらくエルリアも同じ考えだった。

だからこそ、両者は戦が起こる度に顔を合わせて戦い合った。

そうして……いずれ諍《いさか》い合っていた両国が手を取って和平を結び、共存していく未来があると信じていた。

しかし、そんな『英雄』と『賢者』の願いは届かなかった。

少なくとも自国であるアルテインの重鎮《じゅうちん》たちは一切《いっさい》理解してくれなかった。

「だからこそ、私は悔《くや》しいのです……ッ！　閣下と共に平和を願った偉大《いだい》な『賢者』の死を悼《いた》むのではなく、戦のために利用することなどできません……ッ!!」

涙《なみだ》を流す兵士に対して、レイドは皺を深く刻みながら笑い掛ける。

「……ずいぶんと嬉《うれ》しいことを言ってくれるじゃねぇか」

おそらく、その言葉は心からのものだろう。

この兵士だけではない、『英雄』と『賢者』の戦いを間近で見てきた者たちであるならば同じ想いを抱いていることだろう。

だからこそ――レイドはゆっくりと立ち上がった。

「その言葉、しっかりあいつに伝えてやらねぇとな」

そう言ってレイドは身に着けていた鎧《よろい》を外し、篭手《こて》と脚絆《きゃはん》を脱《ぬ》いで放り捨てる。

「……フリーデン閣下、何をされるつもりですか？」

「ああ？　散歩だよ、散歩。もうジジイだから鎧とか邪魔《じゃま》くせぇしな」

兵士に言葉を返しながら、レイドは壁《かべ》に立てかけられた大剣を見る。

『賢者』と共に渡《わた》り合ってきた唯一無二《ゆいいつむに》の戦友。

その大剣を地面に突《つ》き刺《さ》してから――

「──友人と会うのに、戦装束《いくさしょうぞく》なんて似合わねぇだろ？」

◇

その出来事が、後の時代でどのように語られたのかは分からない。

しかし道中で多くの人間が口にしていた言葉がある。

『英雄』レイド・フリーデンは真の化け物であった、と。

真正面から監視網《かんしもう》が敷《し》かれた戦線を突破《とっぱ》し、迎撃《げいげき》に向かった兵士たちをその身一つで撃《げき》退《たい》し、一直線に隣国ヴェガルタの王都に向かっていった。

しかし、誰一人《だれひとり》として死者を出すことはなかった。

『賢者』と共に繋《つな》いできた想いを体現するかのように。

そして──レイドは王都に辿《たど》り着いた。

『英雄』の襲来《しゅうらい》を受け、王都では兵士たちが総力を挙げて防衛を行っていた。

「止まれッ！　今すぐ止まらなければ――」

しかし、兵士たちはレイドの姿を見て言葉を失った。

そんな兵士たちに向かって、レイドは不敵な笑《え》みを向けながら告げる。

「おう……悪いな、もう時間がねぇから通してくれよ」

そんな軽い言葉と共に、レイドは葬列《そうれつ》の先を真《ま》っ直《す》ぐ見据《みす》える。

「俺みたいな奴が敵国に行くんだから、覚悟《かくご》はしていたんだけどな……ッ‼」

一歩、また一歩と、レイドは震《ふる》える足で地を踏《ふ》みしめながら進んでいく。

その度に粘《ねば》ついた水音が響き渡《わた》った。

その身体から流れる血が道標《みちしるべ》のように軌跡《きせき》を描《えが》いていた。

それはまさしく、手負いの獣《けもの》と呼ぶに相応《ふさわ》しい姿だった。

全身から血を流し、身体の至る所に傷を負い、身に着けていた衣服はボロ切れ同然で所々が焼け焦《こ》げており、魔法によって生成された石槍《いしやり》や氷刃《ひょうじん》が背や足に突き刺さっていた。

それでも――レイドの歩みは止まらなかった。

「あいつに言葉を掛け終わったら、俺は望み通りに死んでやるからよ……ッ！」

口から血を吐《は》きながらも、レイドは立ち尽《つ》くす兵たちに向かって告げる。

「だから——今だけは俺の邪魔をするんじゃねぇッ!!」

獣のような咆哮《ほうこう》を轟《とどろ》かせ、見えてきた棺《ひつぎ》に向かって進んでいく。

もはや『英雄』の歩みを止める者は誰もいなかった。

たとえ死に体になろうとも、その姿は堂々たるものだった。

そして——

「——よう、エルリア」

棺の中で横たわる『賢者』に向かって呼びかける。

しかし、その言葉に返事はない。

「おいおい……本当に死んでるのかよ。今にも動き出しそうじゃねぇか」

棺の中で横たわるエルリアは綺麗《きれい》なものだった。

五十年前、初めて戦場で会った時と変わらない姿。

年老いることがない少女の姿。

しかし、その身体は動かない。

「まったく……お前が育てた奴ら強すぎんだろ。お前ほどじゃないけど、それなりの魔法をバカスカ撃《う》ってきやがるし、殺さないように手加減するの大変だったぜ」

全身から血を流しながら、横たわるエルリアに向かって笑いかける。

しかし、閉じられた目が開くことはない。

「やっぱり……お前はスゲー奴だったよ。バカな俺とは違って、ちゃんと国の未来とか考えて、こんなにたくさんの奴らに死を惜《お》しまれているんだからよ」

ぼやけていく視界の中でレイドは周囲を見回す。

偉大なる『賢者』の死を悼んで集まった者たち。

その誰もが尊き『賢者』の死に対して涙を流していた。

その様子を眺《なが》めていた時、不意にレイドの視界が歪み始める。

「結局、どっちが強いのか決着は付けられなかったが……お前みたいな奴と五十年以上も戦えて、俺は最高に楽しかったぜ……ッ」

身体の力が抜《ぬ》けるように、地面に膝をつける。

それでもレイドは残された力を振り絞《しぼ》って言葉を紡《つむ》ぐ。

「もしも……お互《たが》いの立場が、違っていたら――」

薄《うす》れていく意識と掠《かす》れていく言葉の中。

戦場を通して共に歩んできた『賢者』に対して、ずっと抱いていた想いを告げる。

「——きっと、友達になれただろうな」

晴れやかな笑みを浮かべながら、レイドは天を仰《あお》いだ。
そこで力尽《ちからつ》きるように、その視界が真っ暗に染まる。
「たぶん、俺は……お前の、こと——」
その言葉が紡がれる前に、身体の感覚が失われて妙《みょう》な浮遊《ふゆう》感に包まれていく。
しかしレイド自身は満足していた。
五十年以上抱いてきた言葉を告げることができた。
しかし心残りが無いとは言えない。
五十年以上前、初めてエルリアと交《か》わした約束。
その約束を果たすことは叶《かな》わなかった。
『どちらが強いか、決着をつけよう』
別々の立場にあった二人が、戦場の中で交わした約束。
そんな彼女《かのじょ》との約束を思い返しながら——
『英雄』——レイド・フリーデンは、天を仰ぎながら死を迎《むか》えた。

一章

それが『英雄』レイド・フリーデンとしての記憶《きおく》。

そして――

「――レイドッ！　ちょっとレイドーッ⁉」

階下から聞こえる母親の声を聞いて、レイドは欠伸《あくび》をしながら下りていく。

「おう、どうした母さん」

「どうしたじゃなくて、あんた何やらかしたのっ⁉」

階下に下りると、母親は青ざめた表情を浮かべていた。

「いや、特に何かした記憶はねぇけど……？」

「なんか今朝、王都の貴族様がこの村に来て……あんたのことを探してるから連れて来いって、さっき村長に言われたのよ」

「貴族って……つまり『魔法士』ってことだろ？」

魔法を使った戦闘《せんとう》を専門とする者たち。

それは――現代では『魔法士』と呼ばれている。

「それなら俺は関係ないだろ」

「あたしも何かの間違いだと思ったけど……その貴族様はあんたを名指ししてるのよ」

会話をして多少落ち着いたのか、母親は椅子《いす》に腰かけながら溜息《ためいき》をつく。

「はぁ……どうしてこんなことになったんだか……」

「どうせ大した用事じゃないだろ」

「あんたは本当に何に対しても動じないわねぇ……。昔から他の子と比べて妙に泣かない子だったり、同年代と比べて落ち着いていたりするところはあったけど……」

「そりゃ驚《おどろ》くほどでもないしなぁ」

そう言いながら、レイドはなんとなく頬《ほお》を掻く。

驚くことが全くなかったわけじゃない。

むしろ、色々とありすぎて大概《たいがい》のことに動じなくなっただけだ。

なにせ――目覚めたら千年後の世界だったのだから。

しかも、『レイド・フリーデン』の記憶はハッキリと残っている。

容姿も以前の若かりし頃《ころ》と変わらない。

『英雄』と呼ばれ、数多の戦場を駆《か》け抜けた人生。

満身創痍《まんしんそうい》で『賢者』の葬儀《そうぎ》に駆けつけ、その場で命を落とした最期《さいご》。

それなのに目覚めたら赤子になっていたのだから、それはもう当時は混乱した。

しかも前世から千年も経《た》った後の世界だ。

レイドの故郷《ふるさと》であったアルテインという国は滅《ほろ》んで跡形《あとかた》もなく消えていたし、かつて敵対していた隣国は今では『ヴェガルタ魔法王国』と名を変えているし、前世では隣国の一部でしか普及していなかった『魔法』が全世界に浸透《しんとう》していた。

そんな全てが変わった世界を見た後では、大概のことには驚かなくなる。

しかも、新たな世界で生を受けてから既《すで》に十八年も経っている。

様変わりした世界にも慣れたし、以前と違って大きな戦争とかもなくて平和だし、前世の経験も含《ふく》めれば精神的には九十歳《さい》近くだ。今さら驚くようなことも少ない。

そうしてぼんやりとしていると、母親は額に手を当てながらぼやいた。

「やっぱり……あんたが魔法を使えないことが関係しているのかしらね」

この世界において、『魔法』は誰にでも扱《あつか》える代物《しろもの》だ。

かつての『賢者』が作り出した魔法技術は、その遺志を継《つ》ぐ者たちによって研鑽《けんさん》が積み重ねられ、今では簡単な魔法なら一般人《いっぱんじん》でも扱える技術として普及している。

だが、レイドは魔法が一切使えなかった。

「まぁ兄貴と妹が優秀《ゆうしゅう》だった分、俺が帳尻合《ちょうじり》わせでダメになったんじゃないか？」

「それでよく納得《なっとく》できるわね……⁉」

「そりゃダメなものは仕方ないと思って生きるしかないし、畑を耕したり荷運びをして村の奴らを手伝うだけなら魔法を使わなくてもできるしな」

「それで満足してるなら、あたしもとやかく言うつもりはないけどさ……」

その言葉に対して、レイドは何も答えなかった。

この世界における『魔法士』は憧《あこが》れの象徴《しょうちょう》と言える。

他者よりも卓越《たくえつ》した魔力《まりょく》と技術を持ち、脅威《きょうい》となる魔獣《まじゅう》たちを相手に戦う存在。

だからこそ多くの者から羨望《せんぼう》の眼差《まなざ》しを受け、多くの名声を受けることになる。

だが——逆に言えば、魔法が使えない者に価値はない。

扱える魔法によって就《つ》ける仕事が決まり、中でも戦闘職に就くことが許されているのは戦闘技術が保証されている魔法士に限られる。そんな魔法至上主義の世界だ。

たとえ前世では『英雄』と呼ばれたほどの人間だろうと、魔法が一切使えないのでは無価値と見なされ、魔法士でなければ実力があろうと戦うことは許されない。

今の生活に不満があるわけではない。

隣国同士で争っていた前世と比べたら、この世界は平和そのものだ。

ずっと戦場で命の奪《うば》い合いをしていた時と比べたら、平和な田舎《いなか》で畑を耕しながら生活するのも新鮮《しんせん》で悪くないものと言える。

しかし――心の中にある燻《くすぶ》りが消えることはない。

かつて『英雄』と呼ばれていた頃の自分が戦いを求めている。

己《おのれ》の全てを出し切り、心の底から楽しいと思える戦い。

不満があるとしたらそれくらいだが、無理なら仕方ないと思うしかない。

今生は畑を耕して手塩に掛けて育てた作物を愛《め》でる人生というだけだ。

「とりあえず俺は村長のところに行ってくる。名指しってことは急ぎの用件かもしれないし、あんまり人を待たせるのも悪いしな」

「もし問題を起こしたとかだったら、母さん知らんぷりしてもいいっ!?」

「別にいいぞ」

「それはそれで悲しいから、やっぱり母さん一緒《いっしょ》に罪を償うわっ!!」

「まず俺が何かやらかした前提を否定してくれよ……」

そんな母親に苦笑《くしょう》を返してから、レイドは家を出て村長宅に向かった。

長閑《のどか》な風景を眺めながら歩いていると、周囲から視線を感じる。

田舎ということだけあって、既にレイドが貴族に呼び出されたことが広まっているらしく、村人たちが遠巻きに眺めている。これはしばらく話のネタにされるだろう。

そんなことを考えながら歩いていると——視界の先に見慣れない物が映った。

魔導車《まどうしゃ》。

馬を使うことなく、魔力によって稼働《かどう》する鉄車。

千年前なら考えられないことだったが、魔法技術は以前よりも大きく発展している。

『賢者』が作り出したのは魔法だけでなく、『魔力回路』と呼ばれる魔力を流すだけで簡易的な魔法の発動を可能とする技術などがあり、それらが時を経て発展したことで人々の生活の中に広く普及していた。

だが、さすがに魔導車は一部でしか普及していないものだ。

それこそ個人で所有しているとしたら、魔法士を輩出《はいしゅつ》している名高い貴族か、長い歴史を持つ名家といったところだろう。

そんな人間がレイドを名指しで呼びつけているのだから、母親が驚いて慌《あわ》てふためくのも当然といったところだ。

そして、それは村長も同様だった。

落ち着かない様子で右往左往としていた村長が、レイドの姿を見て顔を上げる。

「レイド、お前は一体何をやったんじゃッ⁉」

「村長、そのやり取り二回目なんだ」

「そんなこと知らんわッ！　こっちは寿命が縮まるかと思ったんじゃぞッ‼」

「……そんなに偉《えら》い人が来てるのか？」

「いいから早く来いッ！　ワシは何かあったとしても知らんからなッ⁉」

「別に俺はそれでいいけど」

「カァーッ！　ワシが村の一員を見捨てるとでも思っておるんかッ⁉」

「そのやり取りも二回目だけど、村長の気持ちはありがたく受け取っておくよ」

そんな普段《ふだん》通りのやり取りを交わしてから村長の後を追って邸宅《ていたく》内に入る。

「それで誰が来てるんだ？　なんか貴族に呼ばれているってのは聞いたけど」

「……貴族？　そんな相手どころじゃないわい」

表情を強張《こわば》らせながら、村長はその人間について語る。

「お前を呼びつけたのは……王族の傍系《ぼうけい》であり、ヴェガルタ魔法王国において知らぬ者がおらんほどの名と影響力《えいきょうりょく》を持つお方じゃよ」

「……なんでそんな人間が俺を呼びつけたんだ？」

「分からん」

「分からんのに呼びつけないでくれよ」

「その方は『本人に会えば分かる』と言ってワシにも詳細《しょうさい》は伏《ふ》せておったのでな」

「……いや、俺はほとんど村の外にすら出たことないぞ？」

「だから分からんと言ったんじゃ」

眉間《みけん》に皺を刻みながら、村長は鷹揚《おうよう》に頷いた。

「とりあえず会って確かめてこい。お前なら何か分かるじゃろうて」

「うっす。そんじゃ行ってきます」

応接室の前まで辿り着き、ゆっくりと扉《とびら》を開ける。

そして——言葉を失った。


汚れ一つない白銀の髪。


深い海のような色を湛《たた》える瞳《ひとみ》。

淡泊《たんぱく》な表情を浮かべる精緻《せいち》に整った顔立ち。

以前の記憶とまるで変わらない姿。

だが、同時にあり得ないと理解していた。
この世界は前世から千年も経った後の世界だ。
そうでなくても――その人物は既に死んでいる。
他でもないレイド自身が、その遺体を目の当たりにした。
だというのに――

「――久しぶり、レイド」

聞き覚えのある透《す》き通った声がレイドの名を呼ぶ。
そんな――エルリア・カルドウェンが、扉の先で静かに佇んでいた。

◇

呆然《ぼうぜん》としながら応接室に入った後。
エルリアが付添人《つきそいにん》たちに外で待つように命じたことで、改めて二人きりになった。
そして、エルリアはソファに腰かけてから小さく頷く。

「久しぶり、レイド」

先ほどと同じ言葉を口にしながら、エルリアが蒼《あお》い瞳を向けてくる。

ソファが沈《しず》んでいるところを見ると、夢や幻《まぼろし》といったものには見えない。

その姿をしばらく眺めていた時、エルリアが不安そうな表情と共に首を傾《かし》げた。

「…………レイド？」

「ああ、悪――じゃない、失礼しました」

「……なんで敬語なの？」

「いえ、高名なカルドウェン家の御方《おかた》に口調を崩《くず》してしまったものですから」

そう答えると、エルリアが眉《まゆ》を下げながら不安の色を濃《こ》くした。

「もしかして……覚えてないの？」

「すみません、どこかでお会いしたでしょうか」

「………………………」

見るからに落胆《らくたん》した様子で、エルリアが静かに肩《かた》を落としていく。

見ている方が悲しくなってくる居たたまれなさだった。

その様子を見て、レイドは頭を掻きながら溜息をつく。

「……探しているのは、『英雄』だった男で間違いないですか？」

「！」

　その言葉を告げた瞬間、エルリアがぴこんと勢いよく顔を上げる。

　しかし、すぐにしゅんとうなだれてしまった。

「だけど……わたしの知ってるレイドはそんな風に喋《しゃべ》らないから……」

「おい待て話が堂々巡《どうどうめぐ》りになるじゃねぇか」

「今の口調はすごく本人に近かった」

「そりゃ俺が本人だからだよ……一応、アルテインの『英雄』ってことで国の重鎮と会うこともあったし、畏《かしこ》まった場とか相手とかに対して口調だって改めてたんだぞ」

　そこまで語ったところで、エルリアの瞳に輝《かがや》きが戻った。

「………本人っ！」

「おう。念のために訊《き》くが、そっちは本人なのか？」

「エルリア・カルドウェン、ヴェガルタ出身、年齢《ねんれい》は二百歳くらい、趣味《しゅみ》は読書で好きな飲み物はぬるめのミルクティー、疲《つか》れた時はひなたぼっこしながらお昼寝《ひるね》する」

「名前と出身以外で本人確認《かくにん》できる情報がねぇな……」

「………ごめんなさい」

　再びエルリアがしゅんと申し訳なさそうに頭《こうべ》を垂れる。

しかし、実際のところ前世のエルリアについて知ることは少ない。

なにせ……二人が顔を合わせるのは常に戦場だった。

軽いやり取りこそ交わしていたが、本人の趣味嗜好《しゅみしこう》について何も知らないと言っていい。

だからこそ――

「俺たちが今まで戦った数は？」

「六千三百二十九回」

「まぁ俺は覚えてないけどな」

「うん。いつもわたしが教えてた」

そこでようやく、エルリアの表情から緊張《きんちょう》が消えた。

「よかった……ちゃんと、レイドだった」

薄っすらと瞳を潤《うる》ませ、胸に手を当てながら何度も確認するように頷く。

そんなエルリアを眺めてから、レイドは深く息を吐いてソファに腰を下ろした。

「まさか、こんな形でお前と再会するとはな」

死んだと思った好敵手と、千年後の世界で再び出会う。

誰がそんな状況を思い描いただろうか。

「というか、お前はなんで俺のことを見つけられたんだ？」

「わたしが転生したから、レイドもいるかなって思った」

「根拠《こんきょ》ゼロで探し出すとかすげーな……」

「わたし、自分の直感には自信ある」

ほんのりと口角を上げながら、エルリアが自慢《じまん》げに語る。

しかし、それよりも気になる言葉があった。

「今、お前が言った『転生』ってのはなんだ？」

「簡単に言えば、前世の記憶と能力を全部引き継いだ状態で次の生を得ること。正確に言えば『転生魔法』っていうのが正しい」

「ああ？　つまりお前がその魔法を使ったってことか？」

「違う、わたしは使ってない」

エルリアはふるふると首を横に振ってから説明を続ける。

「そもそも『転生魔法』っていうのは、わたしが暫定《ざんてい》で付けた名称《めいしょう》。つまり理論上は存在しているけど、実現する方法が分からない」

「あー、なんとなく言いたいことは伝わった」

つまり、転生魔法を使えば「何が起こるのか」は判明している。

しかし、その魔法を使うための手順や方法が一切分からない。

多少言葉足らずだが、エルリアが伝えたいことはそんなところだろう。

「魔法《まほう》を作り上げた『賢者《けんじゃ》』にも分からないってのは相当だな」

「……『賢者』にだって分からないことはある」

何か気に食わなかったのか、エルリアがぷくりと頬を膨《ふく》らませていた。

とにかく、転生が起こったのはエルリアが行ったことではない。

当然ながらレイドにも身に覚えはない。

『英雄《えいゆう》』と『賢者』と呼ばれていた二人が、同じ千年後の世界に転生する。

それを偶然《ぐうぜん》という言葉で片づけるには無理があるところだが――

「……まぁ、お前が分からないことを俺が考えても仕方ねぇか」

「うん、分からないことは分からない」

エルリアが哲学《てつがく》じみた言葉で結論をまとめてくれた。

「色々と分からないことが多すぎる。わたしも少し研究していたけど、本来の転生魔法だったら前世と全く同じになるはずなのに、わたしの姿は全部同じじゃなかった」

「そうなのか？」

「……気づいてなかったの？」

途端《とたん》にエルリアがじとりと睨《にら》んでくる。

この瞬間《しゅんかん》、レイドの直感が「答えられないと面倒《めんどう》なことになる」と告げた気がした。

そこで改めて、エルリアの容姿を眺めてみる。

汚《け》れ一つない綺麗な白銀色の髪は変わらない。

その深い海のような色合いの瞳も変わらない。

年齢的《ねんれいてき》な見た目も以前と同じ十五、六歳といったところだ。

身体付きについては……しっかりと眺めたことがないので何とも言えないが、身長は平均程度で胸元《むなもと》の膨らみや手足の細さから一目で女性と分かる程度だったと記憶している。

つまり以前と何も変わっていない。

レイドが一向に気づかないことを見かねてか、エルリアがそわそわとした様子で髪を指先でいじり始めていた。

そして――ようやく、その変化に気づいた。

前世にはあった、特徴的《とくちょうてき》な長耳。

それが、見慣れた丸い耳になっていた。

「もしかして……エルフじゃなくて人間に転生したってことか？」

「うん。だからレイドとお揃《そろ》いの耳になってる」

「それは俺だけじゃなくて全人類とお揃いだけどな」

髪を上げて耳を見せてくるエルリアに対して苦笑を向ける。

つまり、今後はエルリアもレイドと同じく年を重ねて老いていくということだ。

「そういえば……村長から王族の傍系とか聞いたけど、お前この世界でも偉いのか？」

「すごく偉いっぽい」

「ふわふわすぎて凄《すご》さが伝わってこねぇ……」

「ん……わたしが魔法を教えていた子に王族の子がいて、その子がわたしの姓《せい》を引き継いで名乗って、それで今では『賢者の名を継いだ家系』になってる」

「ほお……それは本当にすごいな」

なにせ現代は魔法至上主義の世界だ。

魔法という技術の始祖である『賢者』については、様々な伝承や物語といった形で語《かた》り継がれているし、その名を継いだ家系であるなら影響力は絶大なものだろう。

それらはエルリアが魔法という技術を後世に伝えようとした結果なので、その当人が現代でも確固たる立場にいるのは喜ばしいことだ。

「………レイドは？」

「おう、俺《おれ》がどうした？」

「今はどんな風に暮らしてるの？」

「畑を耕したり、木を切ったり、行商の荷物を運んだりしてるぞ」

「……なんで？」

「なんでって……俺は魔法が使えないんでな」

一応、レイド自身も魔法が使えるように努力はしてみた。

現代における魔法の基礎《きそ》を一から学んで、魔法の才能に溢れていた兄や妹に教わりながら色々と試《ため》してみたが、魔法を発動させることすらできなかった。

それこそ、子供でも発動できる初歩の魔法すら発動できなかった。

「魔力適性の結果はどうだったの？」

「あの十二歳になった時に受けるやつか？　それなら俺が触《さわ》った瞬間に装置がぶっ壊《こわ》れて、協会の人間にめちゃくちゃ怒《おこ》られたぞ」

この世界では十二歳を迎えると、魔力適性検査が行われる。

装置によって算出された魔力量が一定値を超《こ》えていれば、魔法士になるための受験資格を得ることができ、その魔力量が高水準であれば各地にある魔法学院へと招聘《しょうへい》される。

その学院を卒業することで、栄《は》えある『魔法士』になる道が開かれるわけだ。

しかし、レイドの場合はそれ以前の問題だった。

簡単な魔法すら発動できず、魔力検査の時以外でも魔力回路が組《く》み込まれた物に対して魔力を込《こ》めれば全て壊れてしまう。

そして案の定、魔力適性検査の際にも出力装置を粉砕《ふんさい》してしまった結果、役人に長々と説教を食《く》らった挙句、『魔力適性が皆無《かいむ》である』というお達しをいただいた。

そうしてレイドは公的にも『無能』となった。

しかし、それでもレイドは気にしていなかった。

魔法に固執《こしつ》することで他者に迷惑《めいわく》を掛《か》けるくらいなら、素直《すなお》に畑を耕していたり、村人たちの手伝いをしていたりする人生で良い。

そう考えて、のんびりと田舎暮らしをしていたわけだが――

「…………………」

なにやら、エルリアが不満そうに眉を吊《つ》り上げていた。

そして口を尖《とが》らせながら言う。

「だけど……レイドは『英雄』でしょ」

「そりゃ前はそうだったけどなぁ……」

「それに、レイドはわたしと同じくらい強い」

「そっちも否定しないけどよ。だけど今は魔法至上主義だし、近接武器は骨董品《こっとうひん》とか壁の飾《かざ》り扱いだし、そもそも魔法士にならないと戦えない世の中だしな」

言葉を返す度にエルリアの表情が徐々《じょじょ》にむくれていく。

だが、それが現代における常識というものだ。

魔法が使えない人間は無能であり、たとえ戦えるだけの力があろうとも公的に戦うことは許されず、表舞台《おもてぶたい》に立つことなく一生を終える。

立場だけでなく世界そのものが大きく変わってしまった以上、たった一人の人間が何かを変えることなどできるはずもない。

しかし、エルリアは小さく頷《うなず》いてから顔を上げた。

「ねぇ、レイド──」

そして、エルリアは静かにレイドの名を口にしてから──

「──わたしと、結婚《けっこん》して欲《ほ》しい」


そんな言葉を口にした。

「…………は?」

「ひとまずレイドには、わたしの婚約者《こんやくしゃ》になってもらう」

「待て、しれっと確定事項《じこう》にするんじゃない」

突然脈絡《とつぜんみゃくらく》のないことを言い出したエルリアだが、その表情は至って真剣《しんけん》だった。

「わたし……カルドウェン家に近しい関係者だったら、魔法の適性とか関係なく魔法学院の入学試験が受けられる。そこで実力を示せばレイドも魔法士になれる。それでレイドは前と同じように戦えるようになる。完璧《かんぺき》な作戦」

「……いや、それはなんかズルくねぇか？」

「ズルくない」

ぴしゃりとエルリアが言葉を遮《さえぎ》ってきた。

どうやら冗談《じょうだん》で口にしたわけではないらしい。

「だって……レイドは強かった。わたしと五十年以上も戦い続けられるくらい強かった。それに強いだけじゃないから、レイドは『英雄』って呼ばれていたんだもの」

俯《うつむ》きながら、エルリアはかつてのレイドについて語る。

「それなのに……魔法が使えないっていう理由だけで、今では誰《だれ》もレイドのことを認めていないなんて、わたしは納得いかない」

それは五十年以上戦い続けた、好敵手としての言葉だった。

『英雄』と『賢者』は互いの実力を誰よりも知っていた。

そして互いの実力を正しく認め合っていた。

だからこそエルリアもそんな無茶《むちゃ》な提案をしてきたのだろう。

しかし、今のレイドは田舎に住む魔法が使えない無能な青年でしかない。

それに対して、今のエルリアは現代において王族に次ぐ地位と権力を持っている。

場合によっては、輝かしい立場にあるエルリアの名に傷がつくこともあるだろう。

そんな無茶な話を受け入れるわけにはいかない。

「気持ちは嬉《うれ》しいが、その話については──」

そう考えて、レイドがその提案を断ろうとした時──


「──わたしたちのどちらが強いか、決着つけよう」


その言葉を遮って、エルリアはかつて交わした言葉を口にした。

前世で果たすことができなかった約束。

レイド自身が死の間際《まぎわ》に思《おも》い浮《う》かべた、唯一《ゆいいつ》の心残り。

だからこそ、レイドは僅《わず》かに眉をひそめる。

「……それを今言うのはズルいだろうが」

「ズルくなんてない。だってレイドもそう思ってるはずだから」

曇《くも》りのない純粋《じゅんすい》な瞳を向けながら、エルリアがレイドの心中を見透《みす》かしてくる。

答えは既に決まっている。

五十年以上戦い続けてきたことで、二人の立場にも変化があった。

『英雄』や『賢者』と呼ばれるほどの立場になってしまったことで、そのどちらかが負ければ味方の陣営《じんえい》や国が滅ぶことに繋《つな》がる可能性もあった。

だからこそ……二人は示し合わすように引き分けてきた。

真剣にぶつかり合いながらも、互いに『本気』を出さないようにしてきた。

だが、もしも願いが叶うのであれば――

「――俺は逃《に》げも隠《かく》れもしねぇから、いつだって受けて立ってやる」

かつて約束を交わした時のように、レイドは全く同じ言葉を返した。

◇

エルリアとの婚約《こんやく》話を受け入れた後。

レイドは最低限の荷物だけを用意して、エルリアと共に王都へと向かっていた。

「……まさか、こんなことになるとはなぁ」

魔導車の窓から見える景色を眺めながらぼやく。

確かに前世の時から、エルリアには敵以上の感情を持っていた。

明確な言葉は交わさずとも、互いの意図を汲《く》み取り、互いの陣営に犠牲《ぎせい》が出ないように立ち回るようなこともしていた。

だからこそ、立場が違《ちが》えば良い友人になれただろうとも思っていた。

それがなぜか……お互いの立場どころか世界ごと変わっている千年後の世界で、友達という関係をすっ飛ばし、かつての好敵手は「未来の妻」という立場になった。

そして、そんな無茶を言い出した当人は――

「…………………」

対面に座《すわ》りながら、ガチガチに緊張した表情で縮こまっていた。

それはもう全身をぷるぷると震《ふる》わせていた。

「……なぁ、エルリア」

「…………………」

「おい、エルリアさんよ」

「き……聞こえてりゅっ!!」

レイドの呼びかけに応じた直後、エルリアが盛大《せいだい》に噛《か》んだ。

そして顔を真っ赤にしながら再び俯いてしまう。

「…………ごめんなさい」

「いや、お前が謝《あやま》る必要はないんだけどよ」

頭を下げるエルリアに対して、レイドはなんとなく頭を掻《か》く。

この状況《じょうきょう》はなんとなく予想していた。

互《たが》いに戦場でしか言葉を交わしてたことがないとはいえ、五十年以上も顔を突《つ》き合わせていれば多少とも理解していることもある。

エルリアは人付き合いが苦手な性分《しょうぶん》だ。

エルフは『人の姿でありながら人ではない存在』として人間から畏怖《いふ》の対象とされていた時期があり、自然の中に集落を作って人間との交流を避《さ》けて生活していた。

エルリアが人間社会に飛び込んでいった理由については分からないが、生まれついての性分や過ごしてきた環境《かんきょう》によって根付いた考えは変わりにくいものだ。

その証拠《しょうこ》と言わんばかりに、「賢者は人嫌《ひとぎら》いであまり表に出ない」といった話がレイドの国にまで届いていたほどだ。

しかしこの様子だと、実際のところは人との接し方が分からなかっただけだろう。

だからこそ、レイドは自分から話を振《ふ》ることにした。

「それでエルリアに訊きたいことがあるんだけどよ」

「わ、わたしに訊きたいことってにゃ――ぁ」

「待て、今噛んだのはノーカンだ。そうじゃないとこのやり取りが一生続くし、できるだけ会話をしたいという俺の意思を酌《く》んで恥《はじ》を堪《た》えてくれ」

必死に説得した結果、エルリアは顔を赤くしながらもこくこくと頷いてくれた。

「俺が魔法を使えないってのは話したけど、お前としては何か心当たりないか？」

「……レイドが魔法を使えない理由？」

「おう。魔法を作ったお前だったら何か知ってるんじゃないかと思ってな」

その言葉を聞いて、エルリアが興味深そうに視線を向けてくる。

「ん……たぶん、レイドの魔力が原因だと思う」

「………俺の魔力？」

「うん。魔力を水に例えると分かりやすい」

くるくると指先を回しながら、エルリアは説明を続ける。

「普通《ふつう》の魔力は水だから、魔力回路っていう道に通すと流れていく。だけどレイドの魔力は石みたいなもので、そもそも流れないし無理に通そうとすると道自体が壊れる」

「あー……だから魔力適性の時も装置がぶっ壊れたのか」

確かに普段は特に問題ないが、その症状《しょうじょう》が出ていたのは魔法を意図的に使おうとしたり、装置に魔力を流そうとしたりした時にしか起こっていない。

そうでなければ、今乗っている魔導車も壊れているはずだ。

「どうしてそんな魔力になったのかは分からないけど、わたしの作った『魔法』そのものがレイドには使えない。使うとしたらレイドの魔力に合わせた専用の術式理論を組み上げて、既存《きそん》のものじゃない新しい形の魔力回路を一から作らないといけない」

「それって結構時間が掛かるのか？」

「わたしは魔法理論の基礎を作るのに百年掛かった」

「つまり出来上がった頃にはもう一度ジジイになってるってことか」

「……わたしも人間になったから、おばあちゃんになってる」

魔法の創始者であるエルリアですら百年以上の歳月《さいげつ》が掛かるのならば、ほぼ誰も実現することができないと言っていいだろう。

「ありがとうな。おかげで十八年間の謎《なぞ》が一瞬《いっしゅん》で解けた」

「……レイドは、魔法を使いたかったの？」

「どうだろうなぁ……お前がどんなことをしているのかを知りたいって意味では使ってみたかったけど、使えないならそれで困るってわけでもないしな」

無理をして魔法が使えるようになりたいというわけでもなく、「なぜ使えないのか」という単純な疑問だったので、それが解消できただけで十分な成果だろう。

そんなレイドの言葉を聞いて、エルリアはこくこくと何度も頷いた。

「レイドはそれでいい。魔法だとわたしに勝てないから」

「お、なかなか強気に出てきたじゃねぇか」

「うん。魔法だったらわたしは誰にも負けない」

エルリアがふふんと誇《ほこ》らしげに小さく胸を反らす。この様子を見る限り、魔法関連の話題を振ったのは正解だったらしい。

この調子で会話を続ければ、エルリアも徐々に慣れてくるだろう。

そう考えていた時……レイドの服がちょんと引かれた。

「なんだ、どうかしたのか?」

「その、えっと……」

また言葉に詰《つ》まってしたのか、エルリアが視線を彷徨《さまよ》わせる。

そして意を決したように、唇《くちびる》を震わせながら口を開いた。

「婚約の話……受けてくれて、ありがとう」

「それはこっちのセリフだ。俺のことを色々と気遣《きづか》ってくれてありがとうな」

「だけど……突然《とつぜん》だったから、迷惑かもしれないって……っ」

「迷惑ってより困惑《こんわく》だ。話を全部スッ飛ばして結婚しようとか言われたんだからよ」

「だ、だって……それならレイドがまた戦えるって思ったから……っ！」

「まぁ……確かにそれくらいしか方法はないだろうからな」

　エルリアはその場の勢いで言ったようだが、『カルドウェン家の婚約者』という立場になるのはレイドの現状を変える唯一の方法と言っていい。

　魔法が使えない以上、レイドは魔法学院の入学試験すら受けることができない。

　一応、兄と妹が魔力適性で標準以上の数値を出して現在は魔法学院へと通っているが、田舎から出てきた多少秀《ひい》でている程度の人間では話すら聞いてもらえないだろう。

　その上、現代では魔法士以外の人間が戦闘行為《せんとうこうい》をすることは禁止されている。

　今でこそ魔法は誰にでも扱《あつか》える便利な技術として普及《ふきゅう》しているが、当然ながら扱い方《かた》を間違《まちが》えれば他者を傷つける危険な技術でもある。

　そのため有事の際や緊急時《きんきゅう》を除き、魔法士の資格を持たない者が戦闘《せんとう》を行ったことが発覚した場合は厳罰《げんばつ》に処される。

全てを顧《かえり》みずに『決着をつける』という事情を優先することは可能だろうが……他者にバレないように本気でぶつかり合うのは不可能と言っていいし、エルリアのような立場のある人間が罪を犯《おか》したとなっては国の今後にも関わってくる。

つまり、誰にも邪魔《じゃま》されずにエルリアと正々堂々決着をつけるためには、レイドが魔法士になるのが最善であり、魔法が使えないレイドには『カルドウェン家の婚約者』という後《うし》ろ盾《だて》が必須《ひっす》ということだ。

だが……レイドが婚約について承諾《しょうだく》したのは他にも理由がある。

「とりあえず、これで今回の件について調べるのにも都合がよくなった」

「……今回の件？」

「俺たちが揃って千年後に転生したんだぞ。さすがに偶然ってことはねぇだろ」

かつて『英雄』と『賢者』と呼ばれていた二人が同じ時代に転生する。

しかも両方が前世の記憶《きおく》を持っていると言われて、偶然と考える方が難しい。

それならば――そこには第三者の意図が絡《から》んでいる。

「俺たちの転生に誰かが絡んでいるなら、見つけ出して目的を吐《は》かせる必要がある。仮に偶然だったとしても調べておいて損はないだろうし、俺だけ身分が違うとお前に全部調べてもらうことになっちまうからな。それは負担が大きすぎるってもんだ」

エルリアですら未知であるのなら、その情報は世間一般《いっぱん》だけでなく魔法士たちの間ですら秘匿《ひとく》されている可能性がある。

それらの情報を深く調べるためには身分と立場が必要不可欠であり、レイド自身にも一定以上の立場はあった方がいい。

そういった意味で、エルリアの提案した『婚約』は最善の選択《せんたく》であることは間違いない。

間違いないのだが――

「そもそも、お前はこれで良かったのか？」

「…………わたし？」

「俺を婚約者にするって話だよ。前世の話とはいえ、俺とお前は敵同士だったわけだし、俺が問答無用でお前を殺しに行くとか考えないのかよ？」

「うん、考えてない」

「もうちょっと危機感を覚えろ」

「だって、レイドはそんなことしないって分かってる」

少しだけ怒ったように、エルリアが頬《ほお》を膨らませる。

「そんな人だったら、わざわざ五十年以上も律儀《りちぎ》に戦ったりしない」

「……まぁ、そうだな。俺も似たような理由でお前を信頼《しんらい》したわけだし」

「……信頼してくれてるの？」

「当然だろ。そうじゃなかったら話なんてしてねぇよ」

そうレイドが素直に告げると――


「――わたしを信頼してくれて、ありがとう」


そう言いながら、エルリアは笑《え》みを浮かべていた。

それは綺麗《きれい》な笑顔《えがお》だった。

心から安堵《あんど》を浮かべたような表情。

戦いの中では見せることがなかった笑顔。

そんな新たな一面を見たことで、レイドも思わず笑みを返していた。

「おう、こっちも信頼してくれてありがとうよ」

「うん。ありがとう」

「これは新しいパターンの無限ループに入りそうだな……」

「そ、それじゃっ……レイドのこと、色々と訊いてみたい……っ」

ここぞといった様子で、エルリアがふんふんと頷きながら提案してくる。

「レイドの好きなものとか、戦場にいない時は何をしてたとか、転生してから何をしてたとか、他にもいっぱい訊いてみたい」

「あー、まぁ婚約者だってのに互いのことを知らないってのも変だしな。それじゃお前のことについても色々と教えてくれ」

「ん……レイドは何を訊きたいの？」

「まぁ、無難に趣味とかじゃないか？」

「読書」

「それじゃ好きなものは――」

「ぬるめのミルクティー」

「……普段《ふだん》はどんな風に過ごしてる？」

「ひなたぼっこをしながらお昼寝をすること」

「全部既出《きしゅつ》の情報だったなぁ……」

本人確認のために訊いた情報が思わぬ形で繋がってきた。

これはちゃんと質問を考えた方が良さそうだ。

「他にないなら、今度はわたしの番」

「おう。何が訊きたいんだ？」

「それじゃ……レイドの趣味が訊きたい」

「前はほとんど戦場暮らしだったし、今も趣味らしい趣味はねぇな」

「好きなものは？」

「食えるものなら何でも好きだぞ」

「普段はどんな風に過ごしてるの？」

「その日の気分で適当に過ごしてる」

「何一つとして中身のない情報だった……」

何も成果が得られなかったのか、エルリアが悲しげに肩を落としていた。

しかし、自身を鼓舞《こぶ》するように拳《こぶし》を軽く握《にぎ》る。

「つ、次っ！　他にも訊きたいことはあるっ！」

「はいよ。王都まで時間はあるから好きに訊いてくれ」

必死に質問を考えるエルリアを眺《なが》めながら、レイドは次の質問を待った。

そうして互いに質問を重ねながら、相手のことを少しずつ知っていく。

以前では考えられなかったことだ。

しかし今は敵同士ではないのだから、お互いのことをゆっくり知っていけばいい。

そのことを楽しむように、レイドは次のエルリアに対する質問を考え始めた。

◇

かつて、ヴェガルタと呼ばれていた国は大陸内にある小国の一つに過ぎなかった。

魔術《まじゅつ》と呼ばれる独自の技術こそ有していたものの、道具類や事前準備などを必要とするため、戦闘に応用することが困難とされていた。

しかし、『賢者』が現れたことで状況は大きく変わった。

魔術の発動に必要な道具、詠唱《えいしょう》などを全て代替《だいたい》する『魔力回路《まりょく》』によって、目まぐるしく変わっていく戦況《せんきょう》に対応できるようになっただけでなく、詠唱や事前準備等による隙《すき》が無くなったことで対人戦闘や近接戦闘における課題を同時に克服《こくふく》した。

そうしてヴェガルタは大国アルテインに対抗《たいこう》する力を身に付け、偉大《いだい》なる『賢者』が作り上げた『魔法』によって、百年以上続いた長き戦いに勝利を収めた。

その後、ヴェガルタは魔法技術によって他国とは比べ物にならないほど生活水準を上げて国力を高め、兵士たちに魔法技術の取得を義務化することで魔法戦闘《まほうせんとう》に特化し、その圧《あっ》倒的《とうてき》な力によって大陸全土を統治した。

それが――『ヴェガルタ魔法王国』の成り立ちだ。

　正直、小国だった頃《ころ》のヴェガルタを知っているレイドにとっては驚《おどろ》きしかない。

「はー……本当に色々と様変わりしてんな」

　魔導車《まどうしゃ》の窓から、レイドは王都の風景を眺める。

　なにせヴェガルタの王都は大国であったアルテイン以上に発展しており、至るところに魔法技術を使った先進的な光景が広がっている。

　地下の魔力脈を利用した魔力灯、水流によって生じた魔力によって起動する浄水《じょうすい》装置、整備された道に綻《ほころ》びが生じないように施《ほどこ》された硬化《こうか》魔法《まほう》の数々と、適当に見回しても魔法という技術の一端《いったん》を見ることができるほどだ。

「前に来た時は、アルテインとそこまで変わらなかったのにな」

「……レイド、前にもヴェガルタに来たことがあるの？」

　その言葉を聞いて、エルリアが小さく首を傾《かし》げる。

　レイドがヴェガルタの王都に来たのは『賢者』の訃報《ふほう》を聞いた後だったので、その当人であるエルリアが知らないのも当然だろう。

「まぁ昔の話ってやつだ。それより俺の話って後世に伝わってるのか？」

「ん……伝わってはいるけど……」

　そう尋《たず》ねると、エルリアが僅かに俯く。

「……千年も経《た》ってるから、色々と脚色《きゃくしょく》されて伝わっていたりする」

「ほぉー、たとえばどんなのがあるんだ？」

「そ、それは言えない……っ」

ぶんぶんとエルリアが勢いよく首を横に振る。

その様子を見る限り、よほど良くない伝わり方をしているらしい。

しかし、それも当然と言えるだろう。

なにせ、ヴェガルタから見ればレイドは仇敵《きゅうてき》のような存在だった。

大国であったアルテインが歴史の中から姿を消したように、歴史が勝者によって作られるものである以上、その仇敵がどれだけ悪辣《あくらつ》に書かれていたとしても文句は言えない。

「わ、悪くは伝わってないけど、実際にはなかったことだと思うから……っ」

レイドの表情からエルリアが何かを察したのか、わたわたと手を振りながらフォローを加えてくれた。

逆にどんな風に伝わっているのか気になってきた。

そう思っていた時、仕切られている運転席から軽くノックが響《ひび》いた。

「ん……わたしの家に着いた」

「それを聞いただけで胃が痛くなってきた」

なにせ、これから行うのは『婚約者の両親に挨拶《あいさつ》』だ。

自身の母親や村長に対しては「ちょっと王都に用事があるから行ってくる」と適当に誤《ご》魔化《まか》しておいたが、エルリアの婚約者となってカルドウェンという家の立場を利用させてもらう以上、その両親に対してはキッチリと事情を説明しないといけない。

「はぁ……婚約の挨拶とか前世でもやったことねぇよ……」

「……そうなの？」

「ほとんど戦場を渡《わた》り歩く生活だったし、いつ死んでもおかしくないから所帯を持つつもりもなかったから、その手の話は全部断ってたんだよ……」

「ん……そっか」

肩《かた》を落とすレイドとは対照的に、エルリアの表情が少しだけ明るくなった。

しかも、なぜか軽く両手を握ってガッツポーズを取っていた。心なしか口元が少しだけ緩《ゆる》んでいるようにも見える。

そんなエルリアをぼんやりと眺めていた時——

「————エルリアァァァァァァァァアッッ!!」

突然、周囲にこだまするほどの大音声《だいおんじょう》が響き渡った。

屋敷《やしき》から血相を変えて向かってくる大男。

見た目は三十半ばといったところだが、所々に年齢《ねんれい》を感じさせる皺《しわ》が見られるため、おそらくは見た目以上に歳《とし》を重ねていることだろう。

その姿を見て、エルリアがぴょんと魔導車の客室から降りる。

「ただいま、お父さま」

「ただいまじゃないだろう!?　また一人で遠出をしたと聞いたぞッ!!」

「うん、遠出してた」

「素直に言えて偉《えら》いぞッ!!」

「今回はちゃんと書き置きも残しておいたし、屋敷の人にも言っておいた」

「素晴《すば》らしいッ!!　私たちが心配しないように配慮《はいりょ》してくれたのだなッ!!」

「だから、お父さまは心配しすぎだと思う」

「それは仕方ないことだッ！　父親が可愛《かわい》い娘《むすめ》を心配するのは当然であり自然の摂理《せつり》ッ!!　それ故《ゆえ》に私は常にエルリアのことしか考えていないッッ!!」

そんな会話を交《か》わしながら、エルリアの父親はワッハッハッと大らかに笑っていた。

王族に次ぐ地位を持つ家柄《いえがら》と聞いていたので、もっと厳格な父親像を想像していたのだが、どちらかと言えば爽《さわ》やかで懐《ふところ》の深そうな人物に見える。

しかし、この様子であれば話くらいは聞いてもらえそうだし、何より娘であるエルリアの頼《たの》みなら聞き入れてくれそうに思える。

そう楽観的に考えていたが――

「あと、婚約者を連れてきた」

「うんッッ!!　却下《きゃっか》ッッッ!!」

爽やかな笑顔と勢いによって一刀両断されていた。

それはもう清々《すがすが》しいほど一瞬で切り捨てられていた。

「このガレオン・カルドウェンの目が黒い内は、エルリアに婿《むこ》を取らせるつもりなど毛頭ないことを改めて宣言しておこうッッ!!」

「だけど、もう連れて来ちゃってる」

「もう連れて来ちゃっているッッ!!」

「うん、魔導車に乗ってるレイドって人」

そう言いながら、エルリアは魔導車の中にいるレイドを指さす。

そのまま魔導車で待機しているわけにもいかないため、レイドも覚悟《かくご》を決めて魔導車を降りると……エルリアの父、ガレオンはニカリと歯を見せて笑った。

「君がレイドくんかッッ!!」

「はぁ……俺がレイドで間違いないですが……」

「なるほどッ!!　帰りたまえッッ!!」

「すみません、そういったわけにはいかないもので」

「そうかッッ！　ならば家に入りたまえッッ‼」

「めっちゃ物分かり良いですね」

「個人的にはどこの馬の骨とも分からん男に娘をくれてやる気はないッ！　しかし私は当主ではないのでカルドウェン家としての決定は下せないのだよッッ‼」

「……当主ではない？」

「うん。カルドウェン家の当主は代々女性が継《つ》ぐことになってる」

こちらが困惑しているのを察してか、エルリアが袖《そで》を引きながら補足してくれた。

確かに『賢者《けんじゃ》』が女性であることは当時でも周知されていたし、その名を継ぐ家系であるならば女性が当主を務めるのは自然と言えるだろう。

つまり——

「——この騒《さわ》ぎは何事ですか」

凛《りん》とした声音《こわね》と共に、一人の女性がゆっくりと歩いてくる。

エルリアとよく似た銀色の髪《かみ》。

しかし、その鋭《するど》い眼光と厳然たる態度はエルリアと異なるものだ。

「ガレオン、詳細《しょうさい》を説明しなさい」

「エルリアが婚約者を連れてきたそうでなッッ!!」

「そうですか。それでは、あなたはうるさいので下がっていてください」

夫に対して冷ややかな対応を行ってから、レイドに対して視線を向ける。

「カルドウェン家当主、アリシア・カルドウェンです」

「……ご挨拶が遅《おく》れました、レイド・フリーデンと申します」

膝《ひざ》をついて恭《うやうや》しく頭を下げるが、アリシアの態度は変わらない。

こちらを見定めるように冷ややかな視線を向け続けている。

「……聞き覚えのない家名ですね」

「私はアルリエス地方にある山村の出身であり、過去に称号《しょうごう》を受けたことがない平民の家柄であります。カルドウェンの御当主《ごとうしゅ》様が存じないのは当然でしょう」

「……田舎《いなか》の平民にしては、立ち振る舞《ま》いが板に付いているようですが？」

「御挨拶《ごあいさつ》に伺《うかが》う立場として、最低限の礼節は弁《わきま》えようと努力させていただきました」

せめて失礼がないように心掛《こころが》けながら頭を下げる。

そうして次の言葉を待っていると、アリシアは静かに溜息《ためいき》をついた。

「……エルリア」

「はい、お母さま」

「彼《かれ》、あなたよりしっかりしてるわね」

「うん、すごいでしょ」

「エルリア、今の私はあなたに対する皮肉を言った上で娘の将来を案じたのよ」

「なるほど」

ぽんと手を打つエルリアを見て、アリシアは再び盛大な溜息をついた。

「それで……あなたはこの青年を婚約者に選んだという話だったわね？」

「うん、やっと見つけられたから」

「……………そう」

そんな短い言葉を返してから、アリシアは頭を下げるレイドに手を差し伸《の》べた。

「顔を上げてください。口調も崩《くず》して構いません」

「ああ……それは助かります。なにせ不慣れなもんですから」

「それは所作から見て取れます。しかし、少なくとも私と接する上で立場や言動を弁えようとしていたことは伝わりました。それが礼節を重んじるということです」

そう告げてから、アリシアは静かに頷く。

「カルドウェンに敬意を払《はら》った人間を無下にして追い返したとあれば、我《わ》が家名に泥《どろ》を塗《ぬ》ることになります。まずはあなたを客人として迎《むか》え入れましょう」

厳然とした態度を崩すことなく、アリシアは踵《きびす》を返して屋敷に向かって行く。

つまり、レイドを『客人』程度には認めてくれたらしい。

少なくとも話は聞いてくれるということだろうが――

「………なぁ、エルリア」

「どうしたの、レイド」

「俺《おれ》、あんな人に『家の地位とか利用するために娘さんと婚約します』って言うのか？」

「言い方次第《しだい》って言葉もある」

「それを俺がやらないといけないのか……」

「レイド、がんばってね」

「そこについてはお前も頑張《がんば》ってくれ……」

「うん、わたしもがんばる」

エルリアが小さく拳を握ってやる気をアピールしてくれる。

きっと、そのやる気が実ることはないだろう。

そう思いながら、レイドは広大な屋敷に向かって歩き始めた。

◇

使用人たちに案内されたのは、屋敷から少し離《はな》れた別館だった。

おそらく来客用に用意されている館なのだろうが、その大きさや造りは本館に見劣《みおと》りすることはなく、間違いなく同じ名家や貴族たちを迎え入れるための賓館だろう。

その広間に通されてから、アリシアは使用人たちを下がらせた。

「さて……それでは改めて話を聞かせてもらおうかしら」

「……その前に、エルリアとガレオンさんは立ち会わないんですか？」

「あの二人はこういった場には不向きでしょう。夫は声が大きくて進行の邪魔になるし、娘は口下手で説明も苦手だから、私たちで話をした方が円滑《えんかつ》に進むと思ったのよ」

二人に辛辣《しんらつ》な評価を下しながら、アリシアは平然とティーカップを傾《かたむ》ける。

だが、既《すで》にこの状況が辛《つら》い。

婚約者《こんやくしゃ》の母親というだけでなく、アリシアは王族に次ぐ権力を持つ家の当主だ。

そして今から「娘との婚約を許してください」と言わなくてはいけない。

もう気まずいなんてもんじゃない。

その様子を察したのか、アリシアの方から態度と口調を崩した。

「別に警戒《けいかい》しなくていいわよ。こっちは本当に事情や経緯《けいい》を知りたいだけだし、対等な立場としてお願いしているだけなんだから」

そう語るアリシアの様子を眺めつつ、レイドは考える素振《そぶ》りを見せる。

そして、わざとらしく溜息をついてから頷《うなず》いた。

「……それじゃ素直《すなお》に信じさせてもらいます。こちらも話をするために来たのは間違いないですし、駆《か》け引きみたいなやり取りは苦手ですから」

「……駆け引きが苦手って言うわりに、間の取り方を理解しているようだけど？」

眉根《まゆね》を寄せながらアリシアがじとりと睨《にら》んでくる。

実際のところ精神面ではジジイみたいなものなので、こういった会話による駆け引きや取引についても苦手ではないが、それを嗅《か》ぎつけているあたり勘《かん》の鋭い人だ。

「婚約を決めた経緯は、カルドウェンの名と地位を利用させてもらうためです」

「……それは、エルリアが言い出したことね？」

「ええ、エルリア本人に確認《かくにん》してもらっても構いません」

「確認する必要はないわよ。あなたが『レイド』って時点でね」

「……どういうことですか？」

意味が分からずに尋ね返すと、アリシアは静かに目を伏《ふ》せる。

「あの子が幼かった時、突然『レイド・フリーデンって名前の人を探して欲《ほ》しい』って言われたことがあったのよ」

「……そんなに昔から探していたんですか？」

「ええ。だけど理由を聞いても首を横に振るだけで答えてくれないし、『絶対にいるはずだから』って言うだけだから、私は子供特有の妄想《もうそう》だと思って取り合わなかったのよ」

それがまさか、本当に『レイド』を連れてくるとは思わなかったのだろう。

「はっきり言って……あの子は生まれた時から変わった子だった。それは全ての魔《ま》法士《ほうし》を凌《しの》ぐ才能もだけど、人としても他の子どもとは大きく違っていたのよ。赤子なのに泣き声も上げず……母親である私に対して怯《おび》えた目を向けたりもされたわ」

それはレイドも母親に言われたことがある。

だが、エルリアはそれ以上に酷《ひど》かったのだろう。

前世のせいで人と交流することに慣れておらず、目が覚めたら世界は千年もの時が経っており、その世界に誰一人《だれひとり》として知る者はいない。

元々人見知りであったエルリアならば、頭では肉親だと理解していても前世の記憶が邪魔をして母親を避けてしまったのだろう。

そうして慣れない環境で必死に過ごしてきたのだろう。

そんな状況でも、エルリアは『レイド』を探し出そうとした。

本当にいるかどうかも分からない
根拠《こんきょ》なんて一つもない。

それでも――諦《あきら》めずにレイドのことを探し続けた。

「…………そうですか」

その事実を聞いて静かに言葉を返すと、アリシアの表情が僅《わず》かに和《やわ》らぐ。

「先に言っておくと、あなたが『レイド』なら婚約《こんやく》の話は承認《しょうにん》しても構わないわ」

「……エルリアの言葉だけで、どこの馬の骨とも分からない男に家を預けると？」

「ええ。それがあの子の選んだ道だもの」

口元に笑みを浮《う》かべながら、アリシアは言葉を続ける。

「どんなに変わっていた子だったとしても……あの子が私の娘であることは変わらない。家を存続させるために望まない結婚《けっこん》をさせて不幸にするくらいなら、自分が望む幸福を求めて欲しいと思うのは親として当然でしょう？」

そう、当主としてではなく母親としてアリシアは語る。

その決断に至るまで、きっと語れないほどの苦労があっただろう。

天才として生まれながらも、母に怯えた目を向ける異質な子。

その母親となったアリシアの気持ちは計り知れない。

まして王族に次ぐ地位を持つ家系の当主であるならば、対外的な目や家中における目も厳しいものであっただろう。

それでもエルリアを自身の娘として、その幸福を優先すると決断した。

「それで、あなたの方はどうなのかしら？」

こちらを試《ため》すように、アリシアが真《ま》っ直《す》ぐ見つめる。

カルドウェン家に属するということは、エルリアと共に生きるということだ。

それこそ、どちらかが死ぬまで共に在り続けることになる。

しかし……その未来が絶対に必要というわけではない。

エルリアとの決着だけを考えれば魔法士になる必要はない。

かつての約束を果たすだけなら、周囲を顧みずに戦えば済むことだ。

自分たちが転生したことについて調べる件についても、時間や手段は限られるだろうが決して不可能ではない。

自分たちに都合が良いのは確かだが、絶対に必要といったわけではない。

それでも——

「──あいつは、俺にとって唯一《ゆいいつ》対等な存在だったんですよ」

自然と笑みを浮かべながら、戦場で交わしたやり取りを思い返す。

自分がいると聞きつけたら飛んできて、自分と戦うために新しい物を作ってきて、それが失敗してもまた新たな技術と戦略を考えてやってくる。

まともな人間なら、自分を殺そうとしてくる相手に好意を抱《いだ》くなどあり得ないだろう。

だが、レイドもエルリアもまともではなかった。

「今まで俺たちはずっと離れていました。ですが……エルリアが俺のことを探し続けていたように、俺もあいつのことを忘れたことは一度もありません」

転生してからの十八年間、エルリアのことを忘れたことは一度もなかった。

魔法が発展した世界の中で、以前とは違《ちが》う穏《おだ》やかな日常を過ごしていても……ふとした時にはエルリアの姿を思い浮かべていた。

この世界を見てどんな風に思うか、今の魔法を見て何を言うだろうか、この世界で生きていたらレイドと同じように平和に過ごしているのだろうか。

もしも、エルリアが同じようにこの世界で生きていたら──

「──俺は、エルリアと一緒《いっしょ》にいることを望みます」

静かに笑みを浮かべながら、そう答えを返した。

その言葉を聞いて、アリシアは満足そうに頷く。

「……なるほど。プロポーズの言葉としては及第点《きゅうだいてん》をあげようかしらね」

「そいつはなんとも厳しい御言葉《おことば》で」

「言葉だけなら誰《だれ》だって口にできるもの。大事なのはそれに伴《ともな》う行動と結果よ」

そんな手厳しい言葉を返してから、アリシアは指を立てる。

「あなたとの婚約を認める条件は三つ。一つはエルリアについての諸々《もろもろ》を任せるわ」

「いや諸々って説明は雑すぎでしょう」

「それくらい色々と問題があるってことよ……。いずれカルドウェンの名を継ぐのに、人見知りで口下手でマナーにも疎《うと》かったり、他にも困ったところがある子だから……」

以前のエルリアは『賢者』だったからこそ自由な振《ふ》る舞《ま》いが許されていた。

しかし今はカルドウェンという地位と歴史のある名家の生まれである以上、外では相応の振る舞いが求められることになる。

「少なくとも、あなたが傍《そば》に居ればフォローはできるでしょうしね」

「そのあたりは俺も自信ありませんけど」

「エルリアと比べたら上出来よ」

「娘に対する絶妙《ぜつみょう》な信頼を見せないでください」

「まぁ……あなたも確かに現代式ではない古臭《ふるくさ》い感じだったけれど、名家とか呼ばれて喜んでいる人間には印象が良さそうだから別にいいんじゃないかしら？」

「名家の人間がそれを言っちゃダメでしょう……」

「別にいいのよ。私たちは『賢者の名を継いだ者』としての義務や誇りを重んじるけど、他の家は無駄《むだ》に長く続いている歴史を延々と語るだけなんだから」

テーブルに肘《ひじ》をつきながら、アリシアが面倒《めんどう》そうに溜息をつく。最初は厳格な印象だったが、本来の性格は明《あ》け透《す》けなものらしい。

「二つ目は魔法学院に通って魔法士の資格を取ること」

「それは俺たちの目的でもあるんで、まぁ気にしなくていいですかね」

「そんなに簡単な話じゃないわよ？　王都に併設《へいせつ》された魔法学院には、大陸の各地から才能を認められた優秀《ゆうしゅう》な魔法士たちが集められる。だからこそ優秀なだけでは行《い》き詰《づ》まるし、最短で卒業できる人間は正真正銘《しょうしんしょうめい》の天才ってことよ」

表情を改めてから、アリシアは三本目の指を立てる。

「三つ目は、在学中にあなた自身が実績を示すこと。カルドウェンと縁《えん》を結びたいと考える人間は多いし、あなたを家柄で見て批難する人間は確実にいる。それを黙《だま》らせるくらいの実力と結果を見せつけなさい」

「……具体的にはどういった方法で？」

「そんなの力で捻《ね》じ伏《ふ》せればいいじゃない」

アリシアが腕《うで》を捲《まく》りながらグッと拳を握りしめる。なんとも雄々《おお》しい一言だ。

「学院で試されるのは魔法の知識だけじゃない。対人における魔法戦闘の技術、状況《じょうきょう》に応じて動くための思考力なども含《ふく》まれる。あの子も普段はあんな感じだけど、模擬《もぎ》戦の相手をした私たちでも苦労するくらいなんだから」

「ああ……人は見かけによらないってやつですかねぇ……」

目を逸《そ》らしながら適当な言葉を返しておいた。

なにせエルリアも前世では五十年以上戦ってきている。

対人戦闘だけでなく魔法を用いた戦略などにも長《た》けていたので、レイドもかなり苦労した記憶があった。そんなエルリアにとって模擬戦など遊びでしかないだろう。

「まぁ、そこについても大丈夫《だいじょうぶ》でしょう」

「私も強さについては期待しているわよ。あの子が認めているくらいなんだから」

「そこは任せてください。魔法戦闘についてはは心得があるんで」

「それは頼もしいわね。それで、あなたはどんな魔法を使うの？」

「いや、俺は魔法を使いませんけど」

そう答えた瞬間《しゅんかん》、アリシアの表情が凍《こお》り付いた。

「……もう一度言ってくれるかしら？」

「すみません、正確には魔法を使えないってのが正しかったですね」

「そこを訂正《ていせい》しろなんて言ってないのよ」

アリシアの表情が瞬《また》く間《たま》に険しいものへと変わっていく。

そして——溜息をついてから扉《とびら》に顔を向けた。

「ガレオン、ちょっと来てちょうだい」

「うおおおおおおおおおおおおおおおッッ!!　呼んだかアリシアよッッ!!」

「うるさいから静かに入ってきなさい」

アリシアがぴしゃりと言い放つと、ガレオンが大きな身体を丸めて入室してきた。

「ガレオン、ちょっと彼の実力を見てあげなさい」

「……俺は魔法士じゃないんで、戦闘行為《せんとうこうい》はできないはずでしょう？」

「この別館は来賓用《らいひん》ってだけじゃなく、国の許諾《きょだく》を受けた魔法訓練施設《しせつ》でもあるのよ。施設内では魔力の出力制限が掛《か》かる代わりに、魔法士の資格を持たない人間でも魔法戦闘が許可されるわ。私たちも普段はここでエルリアと模擬戦をしているのよ」

つまり、最初からレイドの実力を見るつもりで別館に通したということらしい。

そしてアリシアは席を立って踵を返す。

「私はエルリアから話を聞いて来るわ。あなたの目から見て、彼を魔法学院に入学させるだけの価値があると思ったら解放しなさい」

「おうともッッ!! さぁレイドくん、楽しい模擬戦といこうではないかッッ!!」

身体の骨をバキバキと鳴らしながら、ガレオンが巨体《きょたい》を揺《ゆ》らす。

「世間一般では、魔法士による戦いは魔法を使った中遠距離戦闘《ちゅうえんきょりせんとう》とされるが……対人戦闘《せんとう》の場合、身体強化や魔装具を用いた近距離戦闘《きんきょりせんとう》こそが戦いの華《はな》というものだッッ!!」

ガレオンの両手に嵌《は》められた手甲《てっこう》。

《魔装具》

魔法士たちが魔法を使うために最適化した装備。

「魔装具は私のものを貸そうッッ! 希望する魔装具はあるかねッッ!?」

「すみません、俺が使うと魔装具が壊《こわ》れるんで大丈夫です」

「そうかッッ!! それでは無しだなッッ!!」

「そこは『安全を考慮《こうりょ》してやめよう』とか言って欲しかったですね」

そう答えつつも、レイドは軽く手足を回して調子を確かめる。

まともに戦うのは十八年振りといったところだ。

しかし身体が鈍《にぶ》らないように訓練は行っていたので、動けないということはないだろう。

「ちなみに勝利条件は何ですか？」

「ふむッッ！　それでは今から一時間、私の攻撃《こうげき》を全て避《さ》け切れば勝利にしようッッ!!

多少の心得があっても私に一撃《いちげき》を入れることは困難だろうからなッッ!!」

自信に満ちた表情でガレオンが手甲を打ち鳴らす。

ガレオンもカルドウェン家に婿《むこ》入りした人間だ。

それならば魔法士として相当な実力者であるのは間違《まち》いない。

つまり――現代の魔法士の実力を測る上でも申し分ないということだ。

「そんじゃ、全ての攻撃を避けた上で一撃を加えますかね」

「ほうッッ！　それができたら私をパパと呼ぶ権利を与《あた》えようッッ!!」

「普通《ふつう》に義父《とう》さんって呼ばせてくださいよ」

そう答えてから、レイドはガレオンの姿を見据《みす》える。

「ああ、それともう一つ確認したいんですけど――」

口角を吊《つ》り上げながら、ガレオンに向かって尋ねる。

「――館を丸ごとブチ壊しても、文句は言わないでくださいよ」
かつて――『英雄《えいゆう》』と呼ばれていた時と同じ笑《え》みを浮かべながら。

◆

エルリアは本館にある自室の椅子《いす》に座《すわ》りながら、時間が経つのを待っていた。

そして、部屋のドアが軽くノックされたのを聞いて振り返る。

「…………レイド？」

そう呼びかけたが、返ってきた反応は別人だった。

「私よ。あなたに話があるのだけど、入っていいかしら」

「…………うん」

エルリアが促《うなが》すと……アリシアが静かにドアを開けて入ってきた。

「レイドはどうなったの？」

「今はガレオンが応対しているわ。私は改めてあなたから話を聞こうと思ってね」

そう微笑《ほほえ》んでから、アリシアは部屋のソファに腰《こし》を下ろす。

そんな母の姿に従って、エルリアも対面にぽすんと座った。

「先に訊《き》いておくけど……彼はあなたの言う『レイド』で間違いないのね？」

「うん、間違いない。ちゃんとわたしが知ってるレイドだった」

ただの一度も忘れたことはない。

千年後に生まれ変わった後も、毎日のようにその姿を思い返していた。

そして――ようやく見つけ出すことができた。

「まさか、本当に見つけるとは思ってもいなかったわね」

「……うん、わたしも少し心配だった」

レイドが自分と同じように転生しているなど、何一つとして根拠はなかった。

それはただの『願望』でしかなかった。

千年後の世界に転生してしまい、再び孤独《こどく》となってしまったことで……子供が駄々《だだ》をこねるように「彼が居て欲しい」と願ったに過ぎなかった。

「だけど……レイドは本当にいてくれた」

再会した時のことを思い出して、エルリアは思わず笑みを浮かべる。

驚いて目を丸くしていた顔。

それは自分たちが初めて会った時と同じだった。

自分たちが『英雄』でも『賢者』でもなかった時代。

そうして笑うエルリアを見て、アリシアも苦笑《くしよう》を向ける。

「本当にあなたは彼のことが好きなのね」

「……………うん」

アリシアの言葉に対して、エルリアは静かに頷く。

「──わたしは、レイドのことが好き」


堂々と自身の想《おも》いを口にする。

それを口にしたことで……熱くなっていく顔を隠《かく》すように俯《うつむ》いていった。

「たぶん、好き……なんだと思う……?」

「どうして徐々《じよじよ》に自信がなくなっていくのよ」

「だって……前は、そういう風に意識したことなかったから……っ!」

熱くなっていく頬《ほお》を冷ますように、てちてちと頬を何度も叩《たた》く。

なにせ前世では互《たが》いに敵同士の立場として戦い合っていた間柄《あいだがら》だ。

いつも自信満々に笑いながら、律儀《りちぎ》に戦ってくる変な人間。

そんな彼のことが「好き」だと自覚したのは、自分が死に瀕《ひん》した時だった。

魔法の研究と普及《ふきゅう》のために尽力《じんりょく》し、そのためにエルリアは身体を酷使《こくし》し続け……意識が徐々に混濁《こんだく》し、気がついた時には千年後の世界にいた。

その時、真っ先に思い浮かんだのは『英雄』の姿だった。

人間の宿命である老いと戦いながらも、自身との決着を望んでいた姿。

そんな彼に――もう一度会いたいとエルリアは願った。

もう一度、彼の笑顔《えがお》が見たい。

もう一度、彼と楽しかった時間を過ごしたい。

そして、もう一度会うことができたなら――

「――今度こそ、ちゃんと好きって言いたいって思ったの」

前世で叶《かな》えることができなかった願い。

お互いの立場や種族の壁《かべ》によって阻《はば》まれてしまった願い。

その願いを叶えたいと思ったからこそ、エルリアは僅かな希望に縋《すが》り、レイドが転生していることを信じて探し続けた。

そんなエルリアの答えを聞いて、アリシアは怪訝《けげん》そうに首を傾げる。

「……なんというか、あなたたちって少し似ているわね」

「……わたしとレイドが似てる？」

「なんか言い回しというか、今のことを昔のことのように語るというか、過去のことを踏《ふ》まえて物事を見ているというか……」

「わ、わたしが上手《うま》く喋《しゃべ》れてないだけだと思う……っ」

「あらそう……まぁ言わないなら別に構わないけれど」

じとりと睨んでくるアリシアに対し、エルリアはぱたぱたと手を振って誤魔化した。

両親には自身が転生してきたことを話していない。

実の両親、それにエルリア自身が知る人物の血縁《けつえん》であるなら話すことも考えた。

だが……それを話してしまえば、自分とレイドの中にある繋《つな》がりが薄《うす》れてしまうような気がして、なんとなく話すことができなかった。

「……わたしたちだけの秘密、だから」

「はいはい。それなら聞かないでおくわよ」

「……うん、ありがとう」

微笑みながら頭を撫《な》でるアリシアを見て、エルリアも自然と笑みを返す。

「それで、もう彼にはちゃんと気持ちを伝えたのよね？」

「…………え？」

「彼と婚約するって伝えたんだから、ちゃんと好きだって言ったんでしょう？」

「……………………」

自分の言葉を全て思い返してみる。

しかし、言っていなかった。

再会してから、ここに至るまでの間のことを思い返してみる。

しかし、言っていなかった。

エルリアがぷるぷると震《ふる》え出したのを見て、アリシアが何かを察したように溜息をつく。

「はぁ……人見知りで口下手だとは思ってたけど、それすら伝えられないなんて……」

「ち、ちがっ……色々と考えたら、先に結婚って言葉が出てきて……っ‼」

それは間違いではない。

レイドと再会できたことで、あの時のエルリアは人生の中で最も思考が回っていた。

おそらく人生史上最大の思考速度だった。

そして最適解である「自分と婚約してカルドウェンの名と地位を使えばレイドの現状を全て解決できる」という答えが一発で叩き出せる程度には最高潮だった。

その結果、感情が思考に追いつかなくて「好き」と伝える過程が吹《ふ》き飛んでしまった。

「それに……レイドには、笑っていて欲しかったから……」

いつも戦いの時に見せてくれていた笑顔。

それが再会した時のレイドにはなかった。

諦観《ていかん》にも似た、どこか不完全に見えた笑顔。

それを見てしまったからこそ、エルリアは真っ先に問題を解決する方法として「婚約」という提案を行い、過去の「約束」使って焚《た》きつけた。

あの時と同じように笑って欲しかったから。

「いやぁ……その状況であんなことを言い切るなんて良い男ねぇ……」

「レイドが、何か言ったの？」

そうエルリアが首を傾《かし》げながら尋《たず》ねると、アリシアがにんまりと笑みを浮かべた。

「それは言えないわよ。ちゃんと彼に好きだって伝えてから本人に聞きなさい」

「えっ……え？」

慌《あわ》てふためくエルリアの様子を見ながら、アリシアはくすくすと笑みを零《こぼ》す。

「これは面白《おもしろ》くなってきたわねぇ。不甲斐《ふがい》ない結果を出したら婚約を阻止《そし》しようと思っていたけど、これなら認めてガレオンに鍛《きた》えさせた方が面白いかもしれないわ」

「……お父さまとレイドで、何かしてるの？」

「ええ。あなたとの婚約を認めるに当たって、彼には色々と条件を与えてあるのよ。だけど魔法が使えないって言ったから、今はガレオンに実力を確かめさせているところよ」

「…………。

「………………。

「お母さま」

「手を抜《ぬ》けって話なら聞かないわよ？　家柄《いえがら》だけでなく魔法まで使えないとなると周囲の目は厳しくなるし、魔法が使えないなりに相応の実力をつけてもらわないと――」

「ううん、そうじゃないの」

「それならハッキリ言いなさい」

「うん、ハッキリ言うと――」

エルリアが何かを告げようとした瞬間。

別館の方から、轟音《ごうおん》が響《ひび》き渡《わた》った。

そして遅れるように、建物が崩落《ほうらく》していく破砕《はさい》音が聞こえてくる。

「お父さまが危ない」

「…………は？」

「お母さまには言い忘れたけど、レイドはすごく強いの」

「……待ちなさい、彼は魔法が使えないんでしょう？」

「確かに使えないけど、そもそもレイドは魔法なんて使う必要がない」

エルリアの作り上げた魔法体系では、レイドの魔力《まりょく》で魔法を使うことはできない。

だから『レイドが魔法を使えない』というのは正しい。

しかし、レイドは千年前にエルリアと戦い続けて引き分けてきた。

ただ魔法を使えないだけの人間が、エルリアと互角《ごかく》に渡《わた》り合うことなどできない。

その強さについて、エルリアは『強い』としか表現できない。


「――レイドは、ただ純粋《じゅんすい》に『強い人間』なの」


そう告げた直後、部屋の近くで爆《は》ぜるような音が響いた。

エルリアが窓際《まどぎわ》に近寄ると、土埃《つちぼこり》が濛々《もうもう》と舞い上がっている。

「――おーいッ!!　誰か近くにいないかーッ!!」

土埃の中からレイドの声が聞こえてくる。

「レイド、どうかしたの？」

「エルリアかッ⁉　こっちにガレオンさん飛んでこなかったかッ‼」

「ううん、こっちには飛んできてない」

「こっちじゃねぇのかッ⁉　ちくしょう手加減したってのにッ‼」

「レイドは何をしたの？」

「あぁッ⁉　館をブチ壊してもいいかってガレオンさんに聞いたら、それくらい全力で掛かってこいって言われたから適当にブン殴《なぐ》ったんだよッ‼」

レイドの叫《さけ》び声《ごえ》を聞きながら、アリシアが口を開けて呆然《ぼうぜん》としていた。

その言葉通り、レイドは本当にただ殴ったただけだろう。

たったそれだけで——レイドは戦場を生き抜いてきた。

小手先の技術や戦術など関係ない。

人間でありながら、人間の常識を遥《はる》かに超《こ》えた身体能力。

それ以外には答えられないほどの単純でデタラメな強さ。

拳《こぶし》を振るうだけで、魔法だけでなく全ての存在を叩き伏せる化け物じみた強さ。

そんな純然たる『力』によって、レイドは全てを捻じ伏せてきた。

だからこそ——誰一人として並び立つ者がいない『英雄』と呼ばれた。

「お母さまも、レイドの強さに納得《なっとく》してくれた？」

立ち尽《つ》くしているアリシアに対して、エルリアは笑いかける。

かつて『賢者《けんじゃ》』と双璧《そうへき》を成《な》した『英雄』という存在。

それこそが——

「——わたしが好きになった人は『最強』なんだって」

誰よりも誇《ほこ》らしげに。

自分のことのように嬉々《きき》としながら。

自分が恋《こい》した『英雄』を見せつけるように、少女らしい華やいだ笑みを浮かべた。

二章

カルドウェン邸《てい》の別館が粉々に粉砕《ふんさい》されてから一ヵ月。

その間、様々な出来事があった。

まずレイドは故郷《ふるさと》にいる母親と村長に対して、カルドウェン家の長女エルリアと正式に婚約を結ぶことになったので当分戻《もど》れないという報告をした。

母親の反応は「なるほどドッキリねっ⁉　母さんは騙《だま》されないけど、お父さんが帰ってきた時の反応が楽しみだから黙っておくわっ‼」というものと、「王都に残るなら土産《みやげ》を送ってくれんかの」というものだったので放置しておいて構わないだろう。

そして、婚約については正式に当主のアリシアから承認を受けた。

最初に提示された条件に加えて、「別館をぶっ壊したことがチャラになるくらい名を上げてきなさい」という激励《げきれい》と恨《うら》み言の交じった言葉も頂戴《ちょうだい》した。

ちなみに殴った余波で吹き飛ばされたガレオンは無事に発見され、現在は治癒魔法《ちゆまほう》による治療《ちりょう》を受けて魔法士としての仕事にも復帰している。

「出会って即座《そくざ》に義父という壁を越《こ》えられてしまったなッッ‼」と高らかに笑ってくれていたので、こちらもレイドの事を認めてくれたと見ていいだろう。

他にもこの一ヵ月間で、レイドは様々な準備を重ねてから――

「――おー、すげぇ人が集まってんな」

試験会場である学院前に辿《たど》り着き、そんな感想を口にした。

ヴェガルタ王立魔法学院。

大陸内で最も古く、最も広大な敷地《しきち》を保有する魔法専門の教育機関。

魔法学院そのものは大陸の各地に点在しているが、その中でも魔法の発祥地《はっしょうち》とされているヴェガルタの魔法学院は最高位に位置付けられている。

学舎の至るところに導入されている最先端《さいせんたん》の魔法技術、各魔法分野における知識の粋《すい》を集めた魔導《まどう》図書館、そして教導は様々な功績を持つ現役《げんえき》の魔法士が担当する。

そこに入学を果たしただけでも輝《かがや》かしい経歴となり、たとえ入学試験を受けるだけであっても、相応の魔力量を持つ者として優遇《ゆうぐう》されることもある。

試験会場にいる者たちの年齢《ねんれい》や容姿もバラバラで、明らかに三十を超えていそうな者もいれば、年齢制限である十二歳《さい》らしき子供の姿もある。おそらく年齢が高い者は他所《よそ》の学院で修学した後に王立魔法学院の門を叩いた者たちだろう。

その身に纏《まと》っている衣装《いしょう》にも地方色が出ていて、見慣れない装飾品《そうしょくひん》を身に付けている者や遠方にある異国の民族衣装らしき装《よそお》いの者もおり、ヴェガルタ王立魔法学院という場所が魔法至上主義の世界において特別な場であることを示している。

「そういや、確かエルリアって十六歳だったよな？」

「うん。今年で十六歳になる」

「それなら、なんで十二歳の時に入学しなかったんだ？」

「レイドを探してたから」

「そりゃお手数を掛けました」

「あと、家の都合で入学が先延ばしになってた」

「……………家の都合？」

「ちょうど王女様の入学する予定があって、わたしが同じ時期に入学しちゃうと全部一番を取っちゃうことになるから、王族の体面を保つために入学は先送りにしてくれって王様から直接お願いされたの」

「王から直々にお願いされるってのはさすがだなぁ……」

「うん。お土産にくれたお菓子《かし》もすごく美味《おい》しかった」

のんきな感想を口にしながら、エルリアがふんふんと頷く。

カルドウェン家の地位は王族に次ぐとはいえ、やはり君主の面子《メンツ》を蔑《ないがし》ろにするわけにはいかないことから、アリシアが取り計らって入学を先送りにしたのだろう。

しかし、先送りにした理由はそれだけではない――

「それでエルリアさんよ」

「ん……どうしたの？」

「いつまで俺《おれ》の後ろに引っ付いてるんだ」

試験会場に着いてから、エルリアはずっとレイドの背後にくっついていた。

ご丁寧《ていねい》に服の裾《すそ》をちょんと摘《つ》まんでいる状態だ。

「だって……なんか、みんなが見てくるから……」

そう答えた後、エルリアは隠れるように身を小さくする。

この一ヵ月で分かったが、エルリアの知名度はかなり高かった。

カルドウェンという『賢者の名を継《つ》いだ家系』というだけでなく、その名に相応《ふさわ》しい魔法の才覚に溢《あふ》れた子女として、『賢者の生まれ変わり』と周囲から謳《うた》われているほどだ。

実際は生まれ変わりどころか本人そのものだが、魔法に携《たずさ》わる者たちからすれば『賢者』と呼ばれるほどの人間に興味を抱いているのだろう。

そして当人の容姿がその状況に拍車《はくしゃ》を掛けている。

陽光を浴びて穏やかに煌《きら》めく冷厳な銀色の髪《かみ》、宝石のように輝く深い海のような色を湛《たた》えた瞳《ひとみ》に、老若男女《ろうにゃくなんにょ》問わずに嘆息《たんそく》しそうなほど整った顔立ち。

そして女性が羨《うらや》むほど細い手足や華奢《きゃしゃ》な身体付きであるせいか、豊満とは言えずとも確実に女性であることを強調する胸元《むなもと》が意図せずして目立っている。

そんな少女が歩いていたら、誰もが思わず視線を向ける。

しかし、人見知りのエルリアにとって他者の視線は苦手とするものだ。

その結果、ここに来るまでずっと背中に隠れていた次第《しだい》である。

「だから……このままレイドに隠れながら行く……」

「めちゃくちゃ歩きにくいんだが」

「……おんぶだったら歩きやすい？」

「この状況でお前を背負ってたら余計に視線を集めるだろうが」

服をぎゅっと掴《つか》んでくるエルリアに対して、レイドは溜息《ためいき》と共に頭を掻《か》く。

「別に変な目で見てるわけじゃないだろ。お前がかわいいから見てるだけだ」

「………かわいい？」

そこで初めて、エルリアがぴくんと反応しながら顔を上げた。

「前はエルフだから目立ったのもあるだろうが、今は普通の人間だしな。それでもお前のことを見てるってことはそういうことだろ」

「……レイドも、そう思ってる？」

「ああ？　別に俺のことについては――」

「すごく重要だから答えて」

口元をきゅっと引き締《し》めながら、エルリアがギリギリと服を握《にぎ》る手に力を込《こ》めてくる。

そのまま服が破れても困るので、レイドは素直《すなお》に感想を告げた。

「まぁ……そりゃ当然だろ。周りの奴《やつ》らに自慢《じまん》したいくらいだ」

「…………ありがと」

短い言葉と共に微笑んでから、エルリアは服から手を放した。

そして、レイドの隣《となり》に並ぶようにテテテと歩み寄ってくる。

「それじゃ……いっぱい自慢してもらえるようにする」

口元に小さく笑みを浮《う》かべながら、しっかりと顔を上げる。

そんなエルリアの様子を眺《なが》めてから――

「それなら袖《そで》からも手を放してくれ」

「ま、まだ人がいっぱいいるから……命綱《いのちづな》として……っ」

「お前は人前に放り出されると死ぬのか」

レイドの薄い袖に命を預けながらも、先ほどよりシャキッとした姿で歩き始める。

袖を掴んだままなので格好はつかないが、一歩前進したと考えれば悪くはないだろう。

「――間もなく実技試験を行いますッ!!　紹介状《しょうかいじょう》を持つ方々はお近くにいる職員の指示に従い、一般《いっぱん》からの入学希望者は旗が掲《かか》げられている場所へと集まってくださいッ!!」

学院の職員であろう男が声を張り上げたところで、集まっていた受験者たちが旗の掲げられた場所に向かって歩き出す。

その指示に従って、レイドたちも近くにいた女性職員に声を掛けた。

「すみません、カルドウェンからの紹介《しょうかい》を受けた者ですが……」

「はい、紹介状を確認《かくにん》してもよろしいですか？」

アリシアから受け取っていた二人分の紹介状を渡すと、女性職員は静かに頷《うなず》いた。

「エルリア・カルドウェン様、レイド・フリーデン様のお二人ですね。紹介状を確認しましたので指定の試験場へとご案内します」

そう笑顔で対応された後、女性職員が先導しながら友好的な笑みを向けてくる。

「まさかカルドウェン家の方々をご案内できるとは思いませんでした。特にエルリア様については我々の間でも噂《うわさ》になっておりましたから」

「ん……ありがとう、ございます」

ぎこちない様子でエルリアがぺこりと頭を下げる。まるで警戒《けいかい》する小動物だ。

そして、今度はレイドに視線を向けてくる。

「レイド様につきましては……すみません、私が不勉強である故にお名前や家名については存じていないのですが、カルドウェン家と縁がある方ということでしょうか？」

「レイドはわたしの婚約者《こんやくしゃ》」

「ああ、なるほど婚約者ですかぁ……」

そうぼんやりと言葉を返してから、職員が勢いよく振り返った。

「エルリア様に婚約者がいらっしゃったんですかっ⁉」

「うん。一ヵ月前に婚約《こんやく》した」

「それは……おめでとうございます？」

「ん、ありがとう」

先ほどとは違《ちが》い、エルリアは満足気に頷いていた。

「もしやレイド様は御高名《ごこうめい》な家柄の方なのですか……？」

「いや、俺はオマケみたいなものなんで気にしないでください」

「き、気にするなという方が無理ですよっ！　賢者の生まれ変わりと言われるエルリア様とご婚約された方なんて国中の人間が関心を持ちますよ⁉」

「ああ、やっぱりそんな流れになりますよねぇ……」

女性職員が興奮した様子で詰《つ》め寄ってきたため、レイドは辟易《へきえき》した表情で手を振《ふ》る。

その反応は予想していたことだ。

エルリアの婚約者という立場は、否応《いやおう》なしに他者からの注目を浴びる。

だからこそ、レイドもそれに相応しい結果を示さなくてはいけない。

つまり普通に合格するのではなく――圧倒的《あっとうてき》な実力を見せる必要がある。

「はぁ……まったく気が重いったらありゃしない」

「大丈夫、レイドだもん」

「根拠《こんきょ》のない言葉をありがとうよ……」

両手を握って励《はげ》ましてくるエルリアに対して、ぽんと軽く頭を叩いてやる。

そして――視界が大きく開けた。

「それでは、こちらが賓客用《ひんきゃくよう》の試験会場となります」

そこは学院外に仮設された区画だった。

そして学院から背を向けるようにして何かの装置らしき物が設置されている。

「なんか……言い方は悪いですけど、賓客用にしては簡素な場所ですね？」

「それを言われると心苦しいのですが……なにせ紹介を受けた賓客の方となると、魔法《まほう》そのものが強大で危険なので、このように被害《ひがい》を抑《おさ》える形になってしまうのです」

職員が苦笑しながら申し訳なさそうに頭を下げる。

確かに実力を測るのなら全力を出すことになるし、装置が破壊《はかい》されることや学院側に被害が及《およ》ぶ事態を避けることを考えたら当然の措置《そち》だろう。

現に今試験を受けている者たちがそうだ。

「――いぇーいっ！　デカイのいくから気をつけてねーっ!!」

遥か上で甲高《かんだか》い嬉々とした声を上げる赤髪の少女。

そんな少女の真下には――見上げるほど巨大《きょだい》な黒竜《こくりゅう》がいた。

この千年間で魔法は様々な形の発展を遂《と》げた。

千年前のように炎《ほのお》や氷といった物を虚空《こくう》から生み出して射出するだけでなく、その形を自由自在な形状に変えて武器として扱《あつか》ったり、魔法士自身の身体能力や感覚を強化したり、自然治癒力《ちゆりょく》を高めたり失った組織を蘇生《そせい》させる治癒魔法などもある。

そして……竜に跨《また》がる少女が用いているのは召喚魔法《しょうかんまほう》と呼ばれる類《たぐい》だ。

一般的《いっぱんてき》には人間を襲《おそ》う害獣《がいじゅう》である魔獣《まじゅう》を隷属《れいぞく》させ、自身の従僕《じゅうぼく》として自在に召喚《しょうかん》することで戦闘を行う魔法とされている。隷属させるには本人の魔力だけでなく、隷属する魔獣に認められるだけの資質が必要であるため扱いが難しい魔法だ。

しかし黒竜は少女に対して敵意を向けることなく忠実に従っている。

そんなレイドの視線に気づいたのか、職員が補足を加えてくる。

「ああ……彼女《かのじょ》はセリオス連邦国《れんぽうこく》のルフス・ライラス様ですね」

「セリオス連邦国っていうと……海峡《かいきょう》向こうにある魔獣と共生している国ですよね？」

「はい。召喚魔法に特化した七つの族長国から成る国であり、使役《しえき》できた魔獣によって優《ゆう》劣《れつ》が決まる実力と才能主義の国ですね」

「……それがまた、どうしてヴェガルタの魔法学院に？」

「まぁ、他国との諍《いさか》いが途《と》絶《だ》えて久しいとはいえ……自身の国から優《すぐ》れた魔法士が輩出《はいしゅつ》されるのは誉《ほま》れ高いことですし、魔法の発祥地であるヴェガルタの魔法学院で結果を残すことができれば、国家間の関係においても優位に立てることがありますから」

「要は国同士の代理戦争みたいな意味もあるってことですか」

「そういうことですね。ヴェガルタ王も『魔法の発展を促す』という側面から、国家間における魔法競争を推奨《すいしょう》しており、首席卒業者の所属国に対して多くの便宜《べんぎ》を図《はか》ると公約しています。そのため、他国からも名を馳《は》せた実力者を選抜《せんばつ》したり、魔力の才に溢れた他国の王族といった方々も我《わ》が魔法学院への入学を希望されるわけです」

この世界は魔法至上主義の世界だ。

それはヴェガルタだけでなく他国も同様で、ヴェガルタ王が公約した国交における便宜だけでなく、自国出身の魔法士が結果を残すことで他国に対しても優位に立てる。

「あちらのルフス様もセリオス連邦国族長の血縁であり、『護竜』という自国の象徴《しょうちょう》である四竜を全て使役したことから、《竜姫《りゅうひめ》》として名が広く知れ渡っている方ですね」

「へー……そりゃなんともすごいもんだ」

遠目に見える漆黒《しっこく》の巨竜《きょりゅう》を眺めながら、そんな感想を口にする。

その時……不意にエルリアが袖を引いてきた。

しかも、なぜか少しだけ不機嫌《ふきげん》そうに眉《まゆ》が寄っていた。

「なんだ、どうした？」

「……わたしだって召喚魔法は使える」

「あー……まぁお前なら当然だよな」

「他の魔法も、だいたい使える」

「あー……それじゃ今度すごい派手なやつを見せてくれ」

「うん、もっとすごいの見せてあげる」

エルリアの目が珍《めずら》しくやる気に満ちていた。どうやら闘争心《とうそうしん》に火をつけたらしいが、昔に戦っていた時のことでも思い出したんだろう。

そんなやり取りを交《か》わした後、先ほどの職員が所定の位置にまで案内する。

「それでは、あちらに置かれている装置に向かって魔法を放ってください」

遠方に見える装置を指しながら、職員は説明を続けた。

「設置されている装置には何重にも防護と結界の魔法が付与《ふよ》されていますので、それらの魔法を制限時間以内にどこまで破壊《はかい》できたかによって合否を決定させていただきます」

「その防護とかを壊《こわ》す方法ってのは何でも構わないんですか？」

「はい、どのような形でも構いません。基本的には単純な威力《いりょく》による方が多いですけど、中には魔法そのものを逆算して分解するといった手法を取る方もいましたね。後者については魔法全般《まほうぜんぱん》に関する深い知識が必要となるので稀有《けう》な例ですけども」

つまり、「全力でブン殴れ」という認識《にんしき》で構わないらしい。

「判定は私が行わせていただきます。どちらから試験を行われますか？」

「ん……それじゃ、わたしからやる」

そう言って、エルリアは一歩前に踏み出した。

そして――腰に差していた棒を手に取った。

「――――展開」

静かな声に応じて、手にしていた棒が形状を変えていく。

エルリアの背丈《せたけ》と同じ杖《つえ》。

そのヘッド部分は環状《かんじょう》となり、中心には深い海色の宝石が淡《あわ》い輝きを放っている。

エルリアのために作り上げた魔装具。

「今回は、レイドに少しだけ良いところを見せたいから――」

巨大な杖を軽々と取り回し、エルリアは遠方に見える装置を見据《みす》えてから、

「――少しだけ、強めに撃《う》つ」

そんな消え入りそうな囁《ささや》き。


その声を掻き消すように、巨大な炎柱が天高く舞《ま》い上がった。


周囲にある大気を全て呑《の》み込み、酸素の焼き爆ぜる異様な音を周囲に轟《とどろ》かせながら、紅々《あかあか》とした炎柱が快晴だった空を紅蓮《ぐれん》に染めていく。

そして……その爆心地《ばくしんち》には影《かげ》も形も残されていなかった。

周囲は焦土《しょうど》に変わり、燻《くすぶ》るように紅炎が今も地面を焦《こ》がし続けている。

その光景を目《ま》の当たりにして、誰《だれ》もが言葉を失っていた。

圧倒的な力を目にしたことで、誰もがその言葉の意味を理解した。

『賢者』

そう呼ぶに相応しい、魔法士の頂点に立つ偉大《いだい》な存在。

しかし、当人は淡々《たんたん》とした表情でくるりと身を翻《ひるがえ》す。

「レイド、どうだった？」

「前よりめちゃくちゃ派手って感じだったな」

「レイドが派手なのを見たいって言ったから。だけど、ちゃんと撃つ直前に防護と結界を全部解除して、魔法の威力を殺さないっていう細かいこともやっておいた」

「すげーな。欲張り最強セットって感じだ」

「うん。ちょっとだけがんばってみた」

エルリアがほんのりと頬を染めながら見つめてくる。たぶん褒《ほ》めて欲《ほ》しいのだろう。

そんなエルリアを労《ねぎら》うように頭を叩いてやると、腰を抜かした職員が声を掛《か》けてきた。

「い、今のを見てよく平然としていますね……？」

「あー、まぁ見慣れてるもんですから」

「今の魔法は最高位である第十界層に相当するものなんですよっ⁉　特級魔法士として籍《せき》を置いている方々以外で行使している人なんて見たことありませんよっ‼」

そう興奮と畏敬《いけい》が混じった声音《こわね》で職員は語る。

しかし、レイドとしては幾度《いくど》となく見てきた光景だ。

前世でのエルリアは先ほどのような示威的《じいてき》な魔法だけでなく、より実戦に特化した隙《すき》が少なく威力の高い魔法を使うこともあったし、レイド個人だけでなく戦略に特化した広範《こうはん》囲《い》に及ぶ魔法を行使したこともある。それと比べたら控《ひか》えめな方だろう。

「それよりエルリア、お前はあれの処理どうするんだよ？」

「あれ？」

「あのめっちゃ燃えてる地面だよ」

レイドは紅炎によって焼き焦がされている大地を指さす。

魔法の発動によって生み出された炎柱は消失したが、それによってもたらされた炎害は今もなお大地を侵食《しんしょく》し続けている状況《じょうきょう》だ。

「…………綺麗《きれい》、かも？」

「感想を求めたわけじゃねぇよ……」

「それじゃ、今度は別の魔法で鎮火《ちんか》させる」

「その結果が大洪水《だいこうずい》になりそうだし、ちょうどいいし俺が処理するか」

エルリアと入れ替《か》わるようにして、レイドは一歩前に踏み出す。

「職員さん、あれを消し飛ばしたら俺の評価ってのはどうなりますかね？」

「へ？　はい、ええと……あの炎は魔法によって生み出されたものなので、相殺《そうさい》するには同界層の魔法が必要ということになって、エルリア様と同等の評価になるかと……」

「ああ、それなら十分に役目を果たせそうですかね」

紅々と燃《も》え盛《さか》る炎の海原《うなばら》を見据えながら、レイドは拳を大きく引く。

その瞬間《しゅんかん》――バチリと何かが迸《ほとばし》る感覚が身体の中で生まれた。

自身の身体が別の何かに切り替わったような感覚。


「――――よッ!!」

短い呼吸と共にレイドが拳を振るった瞬間――

その拳圧によって、視界を侵食していた紅色が一瞬《いっしゅん》にして消し飛ばされた。


空気と大地を震わせる異音と共に放たれた一撃《いちげき》によって、紅色の炎が圧《お》し潰《つぶ》されるようにして消し飛ばされ、その衝撃《しょうげき》の余波によって大地が抉《えぐ》り取られていく。

そうして……視界の中にあった紅色が消え去り、荒廃《こうはい》した黒と茶の入り交じった大地が眼前に広がる結果となった。

「ふぅ……エルリアの魔法をブッ飛ばしたのも久々だな」

「相変わらず気持ちの良い殴りっぷりだった」

「だけどやっぱ本調子じゃねぇんだよなぁ……前は武器とか鎧《よろい》とか使ってたしよ」

「それでも十分。やっぱりレイドは強い」

そう言いながら、エルリアがぐーっと背伸《せの》びをしてレイドの頭に手を乗せてくる。

とても辛《つら》そうだったので、今度からは事前に頭を下げておこう。

そんなやり取りを二人で交わしていた時——

「あの……お二人とも、ちょっとお話があるのでよろしいでしょうか……？」

わなわなと職員が身体を震わせながら、手にしている通信魔具を見せる。

「学院長が……外でバカ騒《さわ》ぎをした奴らを連れて来いって言ってます」

そう告げた職員は半泣きになっていた。

◇

すっかりと怯《おび》えた職員に連れられ、レイドたちは学院長室に通された。

「――君ら、学院内では力を抑えるの確定ね」

豪奢《ごうしゃ》な椅子《いす》に身体を埋《う》めながら、学院長が開口一番にそう告げた。

「まずエルリア・カルドウェンくん」

「はい」

「君が魔法関連において稀《まれ》に見る才能の持ち主であることはヴェガルタ王からも聞いていたし、その実力はボクがいる学院長室からも十二分に見せてもらったよ」

「ありがとうございます」

「だけど強すぎて普通《ふつう》に誰か死にそうだから、学院にいる間は第五界層までの魔法しか使わないようにしてもらえるかな。もし使ったら退学にするからね」

「…………はい」

お叱《しか》りの言葉を受けて、エルリアが眉を下げながらしゅんと頭を下げる。

そして、今度はレイドの方に視線を向けた。

「それで次にレイド・フリーデンくん」

「はい」

「君はよく分からないけど、なんなんだい？」

「学院長、質問内容が不明瞭《ふめいりよう》すぎて分かりません」

「ボクからしたら君は存在そのものが意味不明で困ってるんだけどね？」

そう言いながら学院長は表情を歪《ゆが》める。

そして……深々と溜息をついてから語り出した。

「こう見えても、ボクは就任してから百年近くヴェガルタ王立魔法学院の学院長をやっているんだよ。それでも君みたいな子を見たのは初めてだからさ」

学院長――エリーゼ・ランメルは、特徴的《とくちょうてき》な長耳を揺《ゆ》らしながら告げた。

「はぁぁぁぁ……エルリアくんについては何かありそうかなぁって思ってたけど、まさかもう一人の方まで規格外の人が来るとは思ってなかったよ……」

「いやぁ、なんかすみません」

「ボクとしては『なんかすみません』で済まされると困るんだよっ‼」

怒《いか》りと共に耳をぴくぴくと動かしながら、エリーゼがびしりと指さしてくる。

しかし、まったく迫力《はくりょく》がない。

なにせ――エリーゼは不老とされるエルフだ。

見た目としては十二歳前後といったところで、かなり小柄《こがら》なこともあってか椅子に座《すわ》っているというより完全に埋もれているような状態だ。

その姿を見て、レイドは隣にいるエルリアに耳打ちする。

「…………なぁ、エルリア」

「ん、どうしたの？」

「エルフが不老ってのは知ってたけど……あの学院長、お前より幼くないか？」

「エルフは基本的に十五歳から二十歳《はたち》くらいで老化が止まるから、結構見た目に幅《はば》が出ることもある。わたしよりちっちゃい姿の子がいてもおかしくない」

「つまり……あの学院長は老化が止まる前に成長まで止まっちまったのか……」

「悲しいけど、それもエルフの宿命」

「おい君たち今ボクのことをちっちゃいって言ったかいっ!?」

特定のワードに反応したのか、エリーゼがべんべんと机を叩《たた》いていた。

机を叩きながら二つ結びにした金色の髪を跳《は》ねさせる姿は、どこから見ても子供が駄々《だだ》をこねているような様子でしかなかった。

ひとしきり机をバンバンして満足したのか、エリーゼが息を吐《は》きながら椅子に埋まる。

「それで……レイドくんのアレって魔法じゃないよね？」

「そうですね、俺は魔法が使えないので」

「それじゃアレって結局なんなの？」

「適当にブン殴っただけですね」

「余計に意味分かんないやつじゃんかぁ……っ‼」

　エリーゼが悲しい声を上げながら頭を抱《かか》えてしまった。

　とても気苦労の多い幼女だった。

「とりあえず、君のそれって手加減とかってできるのかい……？」

「ああ、それはできます」

「それじゃ君も学院内では力を抑えてもらえるかな……？」

「それは困りますかね」

「ボクだって困っちゃうんだよっ‼」

「俺は魔法が使えない身の上ということもあり、カルドウェン家から相応の結果を出すように命じられています。手を抜《ぬ》くことはできますが、エルリアとの婚約が解消される事態は避《さ》けなくてはいけません」

　アリシアと交わした条件の中には、他者を認めさせるほどの圧倒的な実力を周囲に見せることが含《ふく》まれている。手加減をして機会が失われるのは好ましくない。

　だからこそ、エリーゼも難しい表情を浮かべていた。

「その事情についてはアリシアからも聞いてるよ。だから事前に報告を受けていた以上、君を過小評価して甘《あま》く見ていたボクの方に責任があるのは間違《まちが》いない」

そう告げてから、エリーゼは鷹揚《おうよう》に頷いた。

「それじゃ……レイドくんは、試験中だけ制限解除ということでどうだい？」

「……つまり、評価に影響《えいきょう》がある時であれば使っても構わないと？」

「そういうことだね。普段《ふだん》も多少くらいなら構わないけど、今日みたいな無茶《むちゃ》はしないで欲しい。由緒《ゆいしょ》ある魔法学院が壊されたらボクがめちゃくちゃ怒《おこ》られるから」

「自分に対して素直な性格ですね」

「百歳とか超えて、誰かに怒られるって精神的にキツイからさ……」

エリーゼが素直に心中を吐露《とろ》しながら、遠い目で虚空を見つめていた。

なんとも悲しい目をした幼女だった。

「それにしても……『エルリア』と『レイド』の名前を同時に聞くなんてねぇ」

「……どういうことですか？」

「ああ、君たちはたぶん知らないだろうね。この話はボクたちエルフの中でしか伝わってないことだし、ボクもおじいちゃんから少し聞いたくらいだからさ」

そう笑いながらエリーゼが答えた時、エルリアが慌《あわ》てた様子でぴしっと手を挙げた。

「が、学院長っ！」

「うん？　どうしたんだいエルリアくん？」

「きょ、今日は……いい天気、ですよね……？」

「……うん、さっき真っ赤に染まってたけどね？」

しかし会話能力が低すぎて何もできなかった。

あわあわと慌てるエルリアを他所に、レイドは再び詳細《しょうさい》を尋《たず》ねる。

「……どうして俺の名前がエルフに伝わっているんですか？」

「まぁ正確には君じゃなくて、千年前に『英雄《えいゆう》』って呼ばれていた人なんだけどね。その人が『賢者』が死んだ時に取った行動がボクたちエルフの間で伝わってるんだよ」

以前、エルリアも似たようなことは言っていた。

『英雄』についても伝わっているが、千年という時を経たせいで色々と脚色《きゃくしょく》が施《ほどこ》され、実際にはなかったことが伝えられている、と。

「それって、一体どんな話なんですか？」

「な、なんだい？　そんな真面目な表情で聞くことでもないよ？」

「いえ、自分と同じ名前の奴がいると聞いて気になったものですから」

たとえどれだけ悪辣《あくらつ》なことが伝えられていようとも、自分の死後について残されている僅《わず》かな情報ということでもある。それならば知っておいて損はないはずだ。

「うーん……男の子の君が聞いても面白《おもしろ》くないよ？」

「いえ、それでもぜひ聞かせてください」

「そこまで言うなら話すけど――」

そう言って、エリーゼは面倒《めんどう》そうな表情を浮かべながら――

「――その『英雄』が『賢者《けんじゃ》』に恋《こい》をしていたって話だよ？」


そんな内容を口にした。

「………恋？」

「そうそう」

「誰が誰に？」

「『英雄』って呼ばれた人間が、『賢者』って呼ばれたエルフにだよ。いやぁ、ボクも子供の頃《ころ》におじいちゃんから聞いたんだけど、女の子なら憧《あこが》れちゃうような話でさぁっ！」

話し始めて興が乗ってきたのか、エリーゼが興奮した様子で語り出す。

「その『英雄』は『賢者』にとって敵だったんだけどね？　だけど二人は互《たが》いに平和を願っていて、五十年以上も両陣営《りょうじんえい》に大きな被害が出ないように戦っていたそうなんだよ」

「ああ……そうなんですか……」

「だけど、その戦いの最中に『賢者』が病を患《わずら》って先に死んじゃったらしくてね。それを聞いた『英雄』は一人でヴェガルタの王都にまで攻め入《せ》ったんだよっ！」

「ははは、そいつはスゲーっすね」

「しかもっ！　瀕死《ひんし》の重傷を負ってでも王都に来た理由が『賢者に別れを告げにきた』って言うんだからさぁっ!!　もうカッコイイったらないよねっ!!」

それはもう乙女《おとめ》のように目を輝かせながらエリーゼは熱弁していた。

そしてレイドは堪《たま》らずエルリアの方を見る。

そこには……そっぽを向いているエルリアの姿があった。

しかも耳まで真っ赤になっていた。

「当時はエルフって人間から距離《きょり》を置かれていたんだけど、その『英雄』は『賢者』がエルフとか関係なく対等に接していたみたいでさっ！　それがきっかけになって、今ではボクたちエルフは人間たちと一緒《いっしょ》に暮らしているってわけだよっ!!」

「そいつは……なんかよかったっすね」

「いやぁ同じエルフとしては『賢者』も羨ましく思っちゃうよねっ！　互いの立場は敵同士だったのに、本当はそこまで想《おも》われていたなんてさっ!!　結局『賢者』はそんな『英雄』の想いを聞くことができなかったけど、絶対喜んだと思うもんねっ!!」

その話を聞いている『賢者』に視線を向けてみる。

真っ赤になった顔を隠《かく》すように、俯《うつむ》きながらぷるぷると震《ふる》えていた。

もう羞恥心《しゅうちしん》で爆発《ばくはつ》する数秒前といった様子だった。

「エルフの間ではその伝承を題材にした作品も多くてね――」

「学院長、お話を聞かせていただきありがとうございました。すみませんがエルリアの体調が優れないようなので退室してもよろしいでしょうか」

「うん？　確かに顔が真っ赤だけど……大丈夫《だいじょうぶ》かい？」

「エルリアは顔が赤くなりやすい体質というだけなので大丈夫です」

「そっか。それじゃボクからの話は以上だから、君たちは近くにいる職員に聞いて他の入学者たちと合流してもらえるかな。くれぐれも能力制限については絶対厳守で頼《たの》むよ？」

「承知しました。それでは失礼します」

エリーゼに向かって頭を下げてから、レイドたちは急ぎ足で学院長室を出た。

そしてぱたりとドアを閉めた直後、レイドは深々と溜息をつく。

「……なるほど。確かに悪くは伝わってなかったな」

「うん……よくわかんないけど、『英雄』はエルフたちの間で語《かた》り継がれるくらいすごく人気になっていて……わ、わたしたちが恋仲《こいなか》だったことになってた」

そう語りながら、エルリアがてちてちと自身の頬《ほお》を叩く。

「たぶん、それは間違いとか他の人の創作だと思ったから……それでレイドが嫌《いや》な気分になるかもしれないと思って、言わないでおいたの」

確かに、当時のエルリアは既《すで》に亡《な》くなった後だった。

その経緯《けいい》を知らなければ、『英雄』がエルフたちの間で人気となり、英雄と賢者の恋物《こいもの》語《がたり》となっていたことを脚色や創作と思っても仕方ないだろう。

しかし、だ。

レイドには心当たりしかない。

実際にエルリアの訃報《ふほう》を聞いて飛んで行ったし、単身で敵国に殴《なぐ》り込んで暴れまくったし、満身創痍《まんしんそうい》でエルリアの下に辿《たど》り着いた後に命を落としている。

しかし、それが恋物語として後世に伝わっているなど誰が想像しただろうか。

「やっぱり……間違い、だったよね」

申し訳なさそうな表情を浮かべながら、エルリアが瞳を潤《うる》ませる。

そんなエルリアの姿を見て……レイドは乱暴に頭を掻いた。

「間違ってねぇよ」

「…………え？」

「そのエルフの間で伝わっている話ってのは実際にあったことだ」

「わ、わたしが死んだ時……来てくれたの？」

「おう」

「一人で、ボロボロになりながら来てくれたの？」

「いくら王都に行く必要があるからって、お前が育てた弟子《でし》とかを殺すわけにもいかなかったからな。一方的にボコられまくって大変だった」

「そ、それじゃ……っ！」

先ほど以上に顔を赤くしながらも、エルリアは真《ま》っ直《す》ぐレイドを見つめてくる。

「わたしに会った時——レイドは何を言おうとしたの？」

レイドを逃《に》がさないように、ぎゅっと袖を握りながら尋ねてくる。

「わたしが読んだ話だと、最後に『英雄』が何かを言おうとしていたところで終わってたから……レイドが最後に何を言ったのか、すごく気になる……っ！」

おそらく最後の言葉は誰の耳にも届かなかったのだろう。

それ以前に、途中《とちゅう》で力尽《ちからつ》きて言葉にもなっていなかった。

だからこそ――

「……何も言ってねぇよ」

「で、でもっ！　他の本にも何か言おうとしてたって書いてあったっ!!」

「魚みたいに口をパクパクさせたい気分だったんだよ」

「死ぬ直前にそんな気分にはならない……っ！」

「俺《おれ》も自分で言っておいてあり得ないって思ったところだ」

「な、何を言おうとしたのっ!?　レイドはわたしに何を言ったのっ!?」

「ほら、それよりさっさと職員見つけて合流するぞ」

腕《うで》にしがみつくエルリアを引きずって、レイドは誤魔化《ごまか》すように職員の姿を探した。

最後に口にした言葉は、二度と会えないと思ったからこそ口にしたものだ。

しかし、こうして再会することができた。

それならば――いずれ伝える機会もあるだろう。

そう思いながら、レイドは笑《え》みを浮かべて廊下《ろうか》を進んでいった。

◇

近くにいた職員を捕《つか》まえて案内を頼むと、既に他の合格者たちは教室で待機しているとのことで、レイドたちも割り当てられた教室に通された。

そして、教室のドアを開いた瞬間——

「——エルリア様だ」

誰かがその名前を口にし、教室にいた合格者たちが一斉《いっせい》にざわめいた。

教室に足を踏《ふ》み入れた途端《とたん》、エルリアの周囲に人垣《ひとがき》ができあがる。

「試験場での魔法を拝見させていただきましたッ！」

「エルリア様の噂については常々耳にしておりましたが……まさか既に第十界層の魔法を行使できるとは、まさに『賢者』の名を継《つ》ぐに相応《ふさわ》しいお方です‼」

「私も遠巻きながら拝見しておりましたっ！　あの天上に昇《のぼ》る紅蓮の劫火《ごうか》っ！　既に数多《あまた》の魔法士を凌駕《りょうが》する実力に感激致《いた》しましたっ‼」

集まった生徒たちが口々にエルリアを称賛《しょうさん》する。

それらを受けてエルリアは——

「…………っ！　…………っっ‼」

ものすごく困っていた。

エルリアが言葉を返そうとしても、矢継《やつ》ぎ早《ばや》に別の人間が声を掛けてくるので、もはや首を左右に振ることしかできていなかった。

　そして困った末の行動として――

「わ……わたしより、レイドの方がすごいから……っ！」

　そう苦《くる》し紛《まぎ》れに言いながら、エルリアはおずおずとレイドのことを指さした。

　その瞬間、集まっていた生徒たちが顔をぐるんと向けてくる。

「おおッ！　貴殿《きでん》の活躍《かつやく》も拝見していましたッ！　エルリア様が行使された第十界層の魔法を打ち消したということは、貴殿も相当な実力をお持ちなのでしょうッ!!」

「大変不躾《ぶしつけ》で申し訳ありません……今までに貴方様《あなたさま》の姿をお見掛《みか》けしたことがなく、名前すら存じていない私共に名前と家名をお聞かせいただけるでしょうか……？」

「エルリア様に御同行《ごどうこう》されていたということは、貴方様はカルドウェン家に縁《えん》のある方なのでしょうかっ！　そしてエルリア様と同様に実力を秘匿《ひとく》するために公の場に顔を出すことを控えていらしたとかっ!?」

　生徒たちの質問攻《ぜ》めが今度はレイドに向かってくる。

　そんな生徒たちに対して、レイドは笑顔《えがお》と共に応対する。

「まずは皆様《みなさま》からの御言葉《おことば》、恐悦至極《きょうえつしごく》にございます。私はカルドウェン家に名を連ねさせていただく予定のレイド・フリーデンという者です」

「フリーデン……初めて聞く家名ですが、他国のご出身なのでしょうか……？」

「私は高貴な皆様方《みなさまがた》と違《ちが》い、何の変哲《へんてつ》もない平民の出身でございます。それ故《ゆえ》に魔法を学ぶ身として偏見《へんけん》を向けられることも多々ありますが……それを知らずとも、私に対して素《す》直《なお》に称賛の言葉を向けることができる皆様の実直さに深く感服させていただきました」

「い、いえ……実力のある方を正当に評価するのは当然のことですからっ！」

「……ああ、偉大なる『賢者』がエルフという出自に関係なく評価を受けたように、我々も魔法を学ぶ身として、実力ある者を受け入れる寛大《かんだい》さが無くてはいけないからな」

レイドが平民であることを聞いて複雑そうな表情を浮《う》かべる者がいたものの、周囲に対して慇懃《いんぎん》な態度を貫《つらぬ》き通したこともあり、妙《みょう》な反感を買う事態は避けることができた。

大なり小なり、いつの時代でも身分の差は生まれるものだ。

それこそ『英雄』だった頃は様々な武功から将軍としての立場を賜《たまわ》っていたが、レイドのことを下賤《げせん》な生まれと呼んで蔑《さげす》む者たちは少なからずいた。

だからこそ、そういった手合いの対処には慣れている。

しかし、そういった輩《やから》の中には厄介《やっかい》な人間もいるもので――

「――ハッ、本当に実力があるのかは怪《あや》しいところだ」

そんな声が起こり、レイドの周囲にあった人垣が徐々《じょじょ》に割れていく。

癖《くせ》のついた赤髪《あかがみ》を揺らす青年。

見た目からしてレイドたちと同年代程度であり、その背後には付き人らしい同年代の少年たちを従えている。

「たかが平民が第十界層の魔法《まほう》を打ち消しただって？　悪いが僕《ぼく》はそれを鵜呑《うの》みにするほど愚《おろ》かではないし、お前がそれほどの実力者であるようには見えないがね」

そう言って、赤髪の青年は蔑むような視線をレイドに向けてきた。

その様子を見て、レイドは作り笑いと共に頭を下げる。

「これは……ヴェルミナン家の子息であるファレグ様ほどの実力者であれば、私に対して手厳しい視線と意見を抱《いだ》くのも当然でしょう」

入学までの一ヵ月、レイドはカルドウェン家だけでなく、ヴェガルタの王族や国内に影《えい》響《きょうりょく》力を持つ家系についてアリシアから聞かされている。

その一つが――ヴェルミナン家だ。

王族やカルドウェン家と同じく古くから続く家系の一つであり、優秀《ゆうしゅう》な魔法士を代々輩出している由緒正しい家柄《いえがら》とされている。

特に魔《ま》法戦闘《ほうせんとう》や魔獣討伐《まじゅうとうばつ》などにおいて栄《は》えある功績を残しており、国に対して篤《あつ》い忠誠を守り続けてきたことから、『魔法騎士《まほうきし》』という個別の称号《しょうごう》も王から与《あた》えられている。

特にファレグは魔法の才覚や魔力量《まりょく》にも恵《めぐ》まれており、エルリアという特異な存在がいなければ多くの注目を浴びていたであろう俊才《しゅんさい》と聞いている。

しかし地位と名誉《めいよ》を持つ家柄に生まれ、他者よりも優れた類稀《たぐいまれ》な才覚を持ち、周囲から持ち上げられて過ごせば人間は歪むものだ。

その結果「どうしようもなく自己中心的で他人にイチャモンをつけることが生《い》き甲斐《がい》の性悪野郎《やろう》になった」とアリシアが酷《ひど》くこき下ろしていたのを覚えている。

「そもそも、お前のような平民がカルドウェンに縁のある者だと？　それは古くからヴェガルタを守り続けてきた名家に対する侮辱《ぶじょく》というものだ」

「私の素性《すじょう》が不明瞭で不審《ふしん》であると仰《おっしゃ》るならば、当主であるアリシア様に確認《かくにん》を取っていただければ身許《みもと》を証明してくださるかと思いますのでご安心ください」

「そういうことではないッ!!　カルドウェンが何を企《たくら》んでいるか知らんが、お前のような下賤の人間が学院の門戸を叩いたこと自体があり得ないと言っているんだッ!!」

「しかし私は学院から提出を求められた筆記試験、提示された実技試験にて基準を超《こ》えたと言い渡《わた》され、学院長であるエリーゼ様からも認可《にんか》を受けております。そして学院の方針には魔法の才覚は身分の貴賤《きせん》に関係なく、賢者の作り上げた魔法を追究すべきと――」

「チッ……イケ好かないジジイたちのように言葉を並べ立てて煙《けむ》に巻くなッ!!」

明らかに苛立《いらだ》った様子でファレグが語気を荒《あら》げる。

しかし、これで大勢は決したと言っていいだろう。

対話をしようと答える者と感情のままに喚《わめ》き散らす者。

周囲にいる人間がその光景をどのように受け取るかは明白だ。

「ファレグ様……それ以上はおやめになった方が……」

「カルドウェンの縁者《えんじゃ》と事を荒立《あらだ》てると、ヴェルミナンの本家にも影響が――」

「黙《だま》れッ！　お前たちまで僕に意見をするつもりかッ⁉」

諫《いさ》めた従者たちに対して醜態《しゅうたい》に近い怒声《どせい》を浴びせる。ここまで絵に描《か》いたような増長っぷりだとアリシアがこき下ろしていたのも納得《なっとく》だ。

「だいたいッ！　カルドウェンに縁があると言っても、そこにいる男はカルドウェンの子女を世話するために送り込《おくこ》まれた召使《めしつか》いだろう!!　そんな男に何を言ったところで――」

「申《もう》し遅《おく》れました、私はエルリア・カルドウェンの婚約者《こんやくしゃ》です」

「――どうせ、何も……言えやしな……」

ファレグの言葉が徐々に弱くなっていくにつれて、周囲も静まり返っていく。

それを見計らって、レイドは笑顔と共にエルリアへと向き直った。

「そろそろ教員の説明が始まるから席に着こうか、エルリア」

「う、うん……っ！」

見せつけるようにエルリアの手を引き、レイドはそのまま空いている席へと向かう。

その後、背後から悲鳴にも似た声が上がったのは言うまでもない。

「エルリア様がご婚約《こんやく》ですってェッ⁉」

「あの魔法以外に興味を一切《いっさい》示さないと噂《うわさ》されていたエルリア様がッ⁉」

「家の者以外と会話をされるのは年に数回とまで言われていたというのにッ⁉」

主にエルリアが散々な言われようだったが、そこは気にしないでおこう。

騒ぎ立つ教室内を無視して、レイドは人の少ない席へと向かっていく。

「いやぁ、あの面食《めんく》らったような顔が見られて満足だ」

「……レイドの性格が悪いこと、久々だから忘れてた」

「人聞きが悪いことを言うんじゃねぇよ。増長して調子に乗った人間ってのは味方を殺しかねない事態も招くもんだ。それなら早めに叩いておくべきだろ？」

「……レイドの国の兵士が命令に従順だった理由が分かった気がする」

上機嫌《じょうきげん》なレイドに対して、エルリアがじとりと睨《にら》んでくる。

しかしアリシアからも「同じ名家として恥《は》ずかしいから、機会があったら性根《しょうね》を叩き直しておいて」と言われている。何かあれば定期的に灸《きゅう》を据《す》えるとしよう。

そんな時、ふとエルリアの視線が下に向いている。

「どうかしたのか」

「…………手」

「ああ……悪い、強めに引いたから痛かったか？」

「ん……痛くないから、大丈夫」

小さく笑みを浮かべながら、エルリアが握《にぎ》る手に少しだけ力を込めてくる。

そんな様子に首を傾《かし》げていた時――不意に横から声を掛けられた。

「――御両人《ごりょうにん》、席を探しているならオレの近くはどうだ」

眼鏡を掛けた明るい茶髪《ちゃぱつ》の青年。

眼鏡の位置を直しながら、青年が切れ長の目をレイドたちに向ける。

その言葉に対して、レイドは素直に席へと着いた。

「おう、教えてくれてありがとうな」

「構わんさ。オレの周りは人が寄り付かないので退屈《たいくつ》していたんだ」

そう自嘲《じちょう》気味に笑いながら、青年は周囲に視線を向ける。

青年が放つ独特な雰囲気《ふんいき》のせいか周囲に人の姿もない。

そして、青年がレイドに向かって手を差し出してくる。

「ウィゼル・ブランシュだ。これを機によろしく頼む」

「…………ブランシュ？」

その名前を聞いた途端、エルリアが小さく首を傾げる。

「……聞いたことある」

「家名については覚えがあるだろう。オレの生家は魔装《まそう》技師であり、カルドウェン嬢《じょう》が使用している魔装具はオレの姉が作製したものだからな」

その言葉を聞いて、エルリアは慌てた様子でぺこんと頭を下げる。

「だ、大事に使っていますと、お姉さんに伝えてください……」

「それは姉も喜ぶだろう。もっとも賢者の生まれ変わりと称《しょう》されているカルドウェン嬢の魔装具を依頼《いらい》された時点で、姉は飛び跳ねながら喜んでいたがな」

そう静かに頷《うなず》いてから、ウィゼルは切れ長の目をレイドに向ける。

「それと……そちらはフリーデン卿《きょう》とでも呼べばいいか？」

「あー、俺は適当に名前で呼んでくれ。カルドウェンの関係者と言っても、元々田舎《いなか》出身の平民だから敬称《けいしょう》なんて付けられるとムズ痒《がゆ》くなっちまう」

「ではこちらも適当に呼んでくれ。職人気質《かたぎ》の粗野《そや》な人間たちに囲まれて育ったので、畏《かしこ》まった言葉遣《ことばづか》いは得意ではないのでな」

「あっ……わ、わたしも名前で大丈夫……っ！」

「なるほど。それではエルリア嬢と呼ばせてもらおう」

話の流れを汲《く》み取ったのか、エルリアがふんふんと頷きながら会話に入ってきた。やはり魔法関連の話題だと積極的だ。

「でも……魔装技師の人が、どうして魔法士の試験を受けたの？」

ヴェガルタ王立魔法学院には、魔法士だけでなく魔法関連の職業クラスがある。

魔法士の武装である魔装具の作製や調整を行う『魔装技師』、魔装具に使用する部品や装飾品《そうしょくひん》などに魔力回路を刻印する『魔法細工師』など、各分野における専門的な知識を学ぶことができるようにクラス分けされている。

つまり、本来ウィゼルが所属するのは魔装技師のクラスになるはずだ。

そんなエルリアの疑問に対して、ウィゼルは静かに頷きながら答える。

「オレは実践《じっせん》主義でな。魔法士が活動する上で魔装具に何を求めていて何が不要だと考えているのか……それをオレ自身だけでなく、実際に魔装具を使っている者たちの様子を観察することで、より実戦的な魔装具を製作することを目標にしている」

「つまり……魔装技師になるけど、勉強のために魔法士になったの？」

「そういうことになる。人によっては煙たがられる動機というやつだ」

魔法士になれるかどうかは生まれ持った魔力や才能によって左右される。

それこそ魔力が基準値に足りなかったからこそ、魔法士の道を諦《あきら》めて魔装技師や魔法細工師といった職業に就《つ》く人間も少なくない。

そんな人間から見れば、ウィゼルが行っているのは道楽のようにも映るだろう。

「別にいいんじゃねぇか。良い魔装具を作るのも学院の掲《かか》げる『魔法の追究と発展』って理念に合っているわけだし、文句を言う奴《やつ》が理解できていないってだけの話だろ」

「うん。大事なのはちゃんと学ぶ姿勢だと思う」

「……オレの方が年上のはずだが、妙に含蓄《がんちく》のある言葉に聞こえてくるな」

二人の言葉に対して、ウィゼルは仏頂面《ぶっちょうづら》を歪めて苦笑《くしょう》する。

「そういえば周囲の話を少し聞いていたが……レイドはエルリア嬢の行使した第十界層の魔法を打ち消したそうだな」

魔法の強さは原則、十段階によって格付けされている。

それらは行使した魔法の種類ではなく、規模、速度、質量、強度、威力《いりょく》などによって制定され、エルリアが放った魔法はその中で最大となる第十界層の魔法となっている。

もっとも、その評価も定められた枠組《わくぐ》みに当てはめただけに過ぎないので、エルリアが前世で使っていた魔法などは評価に当てはめることすら難しいだろう。

「第十界層の魔法についても興味深いが、それを打ち消したというレイドの方がオレとしては気になっている。もしよければ魔装具を見せてもらえないか」

「いや、俺は魔装具を持ってないぞ？」

「……どういうことだ？」

「俺が使うとブッ壊《こわ》れるから魔装具が使えねぇんだよ」

「バカなことを言うな。魔装具はあらゆる魔法に耐《た》えられるように、細工師の刻印によって物理耐性《たいせい》や魔力負荷《まりよくふか》の軽減が行われている。そう簡単に壊れるものではない」

「レイドは魔力が特殊《とくしゅ》だから、そのせいで魔力回路も刻印も全部壊れちゃうの」

そうエルリアが補足を加えると、ウィゼルが興味深そうに顎《あご》を撫《な》でる。

そして……眼鏡の位置を直し、腰元《こしもと》から棒状の物体を取り出した。

「ならば、試《ため》しにこいつを破壊《はかい》してみせろ」

「いや壊してみろって……」

「予備の魔装具は持っている。それよりも魔装具が何らかの要因や特定の条件下で破壊されると言うなら、魔装技師であるオレには知っておくべき事柄《ことがら》だ」

そうウィゼルは真顔で魔装具を差し出してくる。見た目の雰囲気や口調こそ冷徹《れいてつ》な印象だが、魔装具関連だと多少熱が入る性分《しょうぶん》らしい。

「ちなみにこの魔装具はオレが作った特注品だ。色々な人間で試せるように汎用性《はんようせい》だけでなく、連続使用や耐久性《たいきゅうせい》に重きを置いたもので――」

「なるほど」

ウィゼルが説明している最中に、レイドはメキィッと魔装具をへし折った。

その余波を受けてか、ウィゼルの眼鏡にぴしりと亀裂《きれつ》が入る。

「オレの中では……傑作《けっさく》だったんだがな……ッ!!」

「壊していいって言ったじゃねぇかよッ!?」

「ああ……あっさりと壊されて、少しばかり動揺《どうよう》してしまった……ッ!!」

ヒビの入った眼鏡を直し、震える手で折られた魔装具を手に取る。

そしてしばらく観察してから、エルリアに顔を向けた。

「エルリア嬢、魔法そのものに詳《くわ》しい者としてはどのように見ている？」

「ん……ざっくり言うと、レイドの魔力が魔法の規格に合っていないと思ってる」

「なるほど、魔法式や魔力回路に視点を向けた場合はそのような見解になるのか」

「……あなたは、どんな風に考えたの？」

「正直に言えば分からん。魔装具に施した防護などを破壊した点ではエルリア嬢の説が正しいと思えるが、魔装具そのものを物理的に破壊していることには結びつかない」

そう言って、ウィゼルは握り潰《つぶ》されるように変形した魔装具を眺《なが》める。

「一度分析《ぶんせき》して複数回に亘《わた》って破壊される状況《じようきよう》を観察しなければ、結論はおろか推測すら語れないほどだ。正直に言えば全くの未知だと言っていい」

そう自身の考えを語ってから、ウィゼルは静かにレイドに問い掛《か》ける。

「レイド……お前はどうやってこの魔力を手に入れたんだ？」

その言葉を聞いて、レイドは困ったように笑いながら――

「――さぁな。昔のことだから忘れちまったよ」

実際、理由や原因なんてものは分からない。

物心ついて、しばらく経《た》ってからこんな身体になっていた。

レイドに答えられるのはそれだけしかない。

そんなことよりも――

「で、後ろのあんたはなんで俺たちの話を聞いてるんだ？」

そう振《ふ》り向きながら言葉を掛けた瞬間《しゆんかん》。

背後からガァンッと痛々しい音が聞こえた。

「──うっわ痛ぁーッ!?　なんですかこの机めちゃくちゃ固いんですけどぉーッ!?」

覗《のぞ》き込んでみると、少女が頭を押《お》さえながら床《ゆか》を転げ回っていた。

その少女がふわふわとした金色の髪で床を掃除《そうじ》していると、覗き込んでいたレイドの視線に気づいてハッと目を見開いた。

「あ、あはは……ワタシ、アヤシイニンゲン、チガイマスヨー？」

「しっかり喋《しゃべ》らないと警備に突《つ》き出すぞ」

「すみませんすみませんッ！　ミリス・ランバット十七歳《さい》っ！　出身はノアバーグにある限界寸前の小さな村っ！　周りに同年代もいなくて友達は羊だけでしたっ！　せっかく特待生として入学できたので人間のお友達を作ろうと絶賛奮闘《ふんとう》中の身ですっっ!!」

「判定はエルリアに任せる」

「勢いがあってわたしは好き。はなまる」

「好評だったから不審者《ふしんしゃ》からクラスメイトに格上げだ」

「やったあああっ!!　徹夜《てつや》して自己紹介《しょうかい》を考えた昨日の私に感謝ッッ!!」

エルリアからの温情により、ミリスと名乗った少女が涙《なみだ》を流しそうな勢いで拳《こぶし》を天井《てんじょう》に突き上げていた。あの自己紹介を徹夜で考えたかと思うとこちらが泣きそうになる。

「で、なんで俺たちの会話を聞いてたんだ？」

「あはは……他の方々は会話のハードルが高そうだったので、私でも声を掛けやすそうな人がいないかなーとヒッソリ会話を聞いて回っていたのを見つかった次第《しだい》です……」

「いや隠れて会話を聞いてないで普通《ふつう》に声を掛けろよ……」

「無理に決まってるでしょうっ⁉　クラスにいる皆《みな》さん、『この前の社交パーティではありがとうございます～』とか、『そちらの領地は今年も豊作でしたでしょうか～』とか話しているんですよっ⁉　私が交じって何を話せるって言うんですかっ⁉」

「『今年は羊が多すぎて毛刈《けが》り用のハサミが何本も折れましたわ～』とか言っとけ」

「他人事《ひとごと》だと思って適当なこと言いすぎじゃないですかねっ⁉」

ミリスが半泣きになりながらバンバンと机を叩《たた》く。

しかし実際、ミリスが他の生徒たちに対して尻込《しりご》みしたのも理解できる。

魔法士は実力主義とはいえ、やはり階級や出身の差は存在するものだ。

魔法士を志す者は経済的な余裕《よゆう》がある富裕層《ふゆうそう》であったり、古くから魔力を継いできた家系であったり、幼い頃から魔法について仔細《しさい》に学ぶことができる環境《かんきょう》や指導者の有無《うむ》によって大きく変わってくる。

だからこそ才能ある人間を見逃《みのが》さないために、学院側も特待生制度を導入しているとはいえ、周囲にいる人間と過ごしてきた世界が違いすぎて孤立《こりつ》しがちなのも否《いな》めない。

まして、特に優《すぐ》れた家柄というわけでもないのに「才能がある」というだけで魔法士を志そうとする者を快く思わない人間もいる。

それは先ほどのファレグの態度であったり、他の生徒たちの反応にも見て取れたので、ミリスに対してどのような対応をするのかも想像がつくというものだ。

「しかも話を聞けば、レイドさんも田舎出身らしいじゃないですかっ！」

「ノアバーグみたいなド田舎と一緒にするんじゃねぇよ」

「はいぃーッ⁉　そういうレイドさんはどこの出身なんですかっ‼」

「ああ？　俺はアルリエスの方だよ」

「はいド田舎ーっ！　森と山と川しかないやつーっ‼」

「それを言ったらノアバーグは山しかないだろうが」

「ふふーんっ！　こっちには高山の雪解け水っていう特産品がありますぅーっ‼」

「こっちには高級木材とオレンジ農園があるぞ」

「いやいやっ！　こちらにはッ……その、羊がいますからね……っ⁉」

「特産品が羊と水だけで終わったじゃねぇか……」

「すみません、羊毛とおいしい水しか取《と》り柄《え》のない出身の女ですが、このままだとボッチ確定しそうなので田舎仲間として友達になってくださいッ‼」

よほど一人が心細かったのか、ようやく見つけた会話できる相手を逃《のが》したくないのか、ミリスが自尊心を全力で放り投げて地面に頭を擦《す》りつける。哀《あわ》れだ。

しかし……その様子を見て、エルリアが静かに席を立つ。

そしてミリスに向かって手を差し伸《の》べた。

「それじゃ、わたしが友達になる」

「へ……エ、エルリア様が……？」

「……わたしじゃダメ？」

「そ、そんな滅相《めっそう》もないですっ！　感謝感激感無量、堂々の三冠《かん》達成ですっっ‼」

エルリアの手を取り、ミリスが明るい表情と共にブンブンと手を振る。

そんな二人の様子を見て、レイドとウィゼルは苦笑しながら顔を見合わせる。

「オレはウィゼルだ。友人として気兼《きが》ねなく接してくれ、ミリス嬢」

「知っているだろうけどレイドだ。田舎仲間ってことでよろしくな」

「はいっ！　ウィゼルさん、レイドさんもよろしくお願いしますっ！」

にぱりと朗《ほが》らかな笑みを浮かべながら、レイドたちとも握手《あくしゅ》を交《か》わす。

そんな時、ふとエルリアが微笑《びしょう》を浮かべていることに気づいた。

「それにしても珍《めずら》しいな。お前が自分から声を掛けるなんて」

「ん……ちょっと、昔のことを思い出した」

「………昔のこと？」

「うん。前に言った、カルドウェンの名前を継いだ子がわたしの弟子になりたいって言った時も、あんな風にお願いしてたから」

過去を懐《なつ》かしむように、エルリアは優《やさ》しい眼差《まなざ》しでミリスを見つめる。

「だから、これも何かの縁かなって」

「いいんじゃねぇか。面白《おもしろ》い奴ってのは間違《まちが》いない」

「うん、おもしろい。特に自己紹介が個人的にすごく好き」

「めちゃくちゃ気に入ってるじゃねぇかよ……」

「あと言葉選びがユニークなところも評価が高い」

何やらエルリアのツボに入ったのか、ほくほくとした表情でミリスをベタ褒《ぼ》めしていた。

芸は身を助けるというが、徹夜した努力は無駄《むだ》ではなかったらしい。

「あと、なんかすごく似てると思ったの」

「ん？　それはお前の弟子にってことか？」

「えっと……その子が飼ってた犬に」

「ああ……なんか言わんとしていることは分かった」

改めて、レイドたちはミリスに視線を向ける。

「やったーっ！　これで人間の友達が三人っ！　私の中にある友人史に人類という名前が刻まれるという歴史的快挙ですっっ‼」

友人ができたと喜び、一人ではしゃぎ回るミリスの姿はまさしくそれだった。

外が晴れたというだけで、楽しそうに庭を駆《か》け回る子犬のそれだった。

「それでは皆さんっ！　改めて今後ともよろしく――って、あれ？　なんで皆さん温かい目を向けるんですか？　そしてエルリア様はなぜ私の頭を撫でるんですかっ⁉」

「髪がもふもふで気持ちよさそうだったから」

「もふもふ度なら任せてくださいっ！　羊と一緒に昼寝《ひるね》をしていると祖父が羊と間違えて危《あや》うく刈《か》りそうになるという戦場を生き抜《ぬ》いてきた自慢《じまん》の髪ですっ‼」

「うん。すごく気持ちいい」

妙な意気込《いきご》みと自信に満ちた表情で頭を差し出すミリスに対して、エルリアはその感触《かんしょく》を楽しむようにぽんぽんと撫でていた。

きっと、ミリスに尻尾《しっぽ》があったらすごい勢いで左右にブンブン振っていたことだろう。

◇

しばらくして、学院の職員が入学者たちの集まる教室に来た。

まずは合格したことに対する祝辞を告げられ、魔法士としての修学過程といった詳細《しょうさい》説明は教導を担当する魔法士から説明が後日に行われると言われた。

そして、学院に在籍《ざいせき》している間は学院に併設《へいせつ》されている学生寮《がくせいりょう》で暮らすことになる。

休日は自由な時間として過ごして構わないが、遠方に帰省などをする際には別途《べっと》申請《しんせい》が必要になるなど、学院生活における細かい説明が行われた。

そして職員に先導されて学生寮に案内されて――

部屋割を見た瞬間、レイドとエルリアは同時に固まった。

「エルリア」

「…………うん」

「なんか俺たち同じ部屋らしいぞ」

「…………うん」

「こういうのって普通は男女に分かれるものだろ」

「…………うん」

「今日の夕飯は何が食えるんだろうな」

「…………うん」

エルリアの思考が完全に停止していた。

ぽけーっとしながら頷くことしかできないアホの子みたいになっていた。

仕方なく、レイドは近くにいた職員に声を掛ける。

「すみません、俺とエルリアが同室になっているんですが……」

「え？　はい、学院長から御二方《おふたかた》は婚約関係にあると聞いておりましたので……」

何が問題なんだろうと言わんばかりに、職員は不思議そうに首を傾げる。

「当学院には入学時に婚約や婚姻《こんいん》を結ばれている貴族の方々もいらっしゃいますので、そういった場合は特別な事情がない限り同室といった形で配慮《はいりょ》するようにと……」

「ああ、それはそうですよね……」

婚約以上の関係にあるなら互《たが》いの仲についても広まることになるし、不仲といった噂が流れたら両家の醜聞《しゅうぶん》に関わってくる。

それなら最初から同室にしておけばいいということだろう。

「ご説明ありがとうございました。それでは失礼します」

早々に話を切り上げてから、レイドは待っているエルリアの下に向かう。

「も、もしかして間違いだった……？」

「合っているとよ。婚約関係にある生徒は同室にする方針らしい」

「ん……わたしは他の人と一緒《いっしょ》より、レイドの方が安心できるからいい」

心なしかエルリアが安堵《あんど》するように息を吐《つ》く。その様子を見る限り、同室であることを嫌《いや》がっているということではないらしい。

「とりあえず部屋に荷物を置きに行くか」

「う、うん……っ」

渡された鍵《かぎ》と案内図を見ながら、割り当てられた部屋に向かう。

そして目的の部屋を見つけ、二人は部屋に入って中を確認する。

ここ最近はカルドウェン家の屋敷《やしき》で過ごしていたので多少手狭《てぜま》に感じるが、二人で生活するには十分すぎるほどの広さがあり、トイレや風呂《ふろ》といった設備だけでなく、冷暖房《れいだんぼう》用の魔具や調理関連の魔具などの一式が整えられている。

しかし食事などは食堂があり、風呂についても大浴場が寮内《りょうない》に併設されていて、衣服などは学院側が雇《やと》っている人間が回収して洗濯《せんたく》を行うことから、使用人頼《だよ》りの生活をしている貴族の人間が使う機会はほとんどないだろう。

次に寝室《しんしつ》に入って中を見回してみる。

寝室には衣装棚《いしょうだな》や化粧台《けしょうだい》などがしっかりと配備されている。

しかし——ベッドは一つしかない。

そのベッドをしばらく見つめてから、レイドは大きく頷いた。

「なるほど。まぁ広さは十分ってところだな」

「う、うん……二人で寝《ね》ても、大丈夫《だいじょうぶ》だと思う」

「一応先に訊《き》いておくけど、一緒のベッドで寝るってのは大丈夫か?」

「だ、大丈夫……ですっ!」

なぜかエルリアが敬語になっていた。

「レイドは、わたしと一緒でも大丈夫……?」

「俺も別に構わねぇよ。寝る時は死んだように寝るからな」

「わたしは……ちょっとだけ、寝相《ねぞう》が悪いかもしれない」

「お前は小柄《こがら》な方だし、多少ぶつかっても俺は起きないと思うぞ」

「……それと、朝にも弱い」

「俺は決まった時間に目が覚めるから起こしてやるよ」

「……あと、たまにすごく寝ぼけてぽけぽけすると思う」

「お前は寝てる時でも大変なんだな」

「…………ごめんなさい」

エルリアが赤くなった顔を隠《かく》すように俯《うつむ》く。

先ほどから何やら浮かない表情をしていたが、同じベッドで寝ると色々と迷惑《めいわく》を掛けると思っていたからだろう。

「だけど……一人だと寂《さび》しいから、一緒に寝てほしい……です」

レイドを見上げながら、エルリアはきゅっと口元を引き締《し》める。

そんなエルリアの顔を見て、レイドは苦笑しながら頭を軽く叩いた。

「それくらい気にすんな。これから一緒に生活するわけだし、俺《おれ》に遠慮《えんりょ》して何も言わなかったらお前の方が疲《つか》れちまうだろ。そんなことになるくらいなら、嫌なこととか苦手なこととかを言ってもらった方が俺としても助かるってもんだ」

「…………そうなの？」

「おう。だから思ったことは全部俺にぶつけてこい」

「わかった……それじゃ、約束」

そう言って、エルリアが小指を向けてくる。

「レイドも、何かあったら遠慮なく言ってほしい」

「お互い遠慮は無しってことでな」

そう笑い掛けながら指を絡《から》めたところで、ようやくエルリアも笑《え》みを浮かべてくれた。

「ま、他にも細かいことは夕食を食いながら適当に話すか」

「んと……それなら、食堂に行く？」

「いや、他人に聞かれたらカルドウェンの体面に関わる可能性があるし……今日のところは部屋で軽く済ませることにするか」

キッチンへと向かい、レイドは調理器具や冷蔵魔具の中身などを確認する。

冷蔵魔具の中には飲み物類だけでなく食材なども一通り揃《そろ》っているようで、おそらく室内清掃《せいそう》の際に使用具合を見て補充《ほじゅう》を行ってくれるのだろう。

そう考えていると、エルリアが隣《となり》にすとんとしゃがみ込んでくる。

「レイド、料理できるの？」

「そりゃ簡単なものだったらな。野営の時には炊事《すいじ》することもあったし」

「ん……それはそれで懐かしい」

昔のことを思い出したのか、エルリアが興味深そうにふんふんと頷く。

「昔、戦場で兎《うさぎ》とかを見つけたら狩《か》って食べてた」

「なんだ、お前もそんな感じだったのか？」

「うん。最初の頃《ころ》は魔法じゃなくて戦力外の魔術士《まじゅつ》として扱《あつか》われてたし、一般兵《いっぱん》とそんなに変わらない待遇《たいぐう》だったから木の実とか野草もよく食べてた」

「あー、確かにそうだな。水を煮沸《しやふつ》しようとしたら煙《けむり》で敵兵に気づかれるし、水の代わりにブダウの実とか絞《しぼ》って水分補給とかしてたな」

「分かる……っ！　美味《おい》しいけど、果汁《かじゆう》をこぼしたら服がすごく汚《よご》れちゃってた」

「あー、お前らの国は兵服が白かったもんなぁ……。俺の国だと兵服が黒いから汚れは目立たなかったけど、果汁で汚れたことに気づかなくて、その匂《にお》いでお前が俺の居場所を見つけたこととかもあったよな？」

「覚えてるっ！　わたしが風下にいたから匂いで分かったことあったっ！」

　懐かしい話題ということもあり、エルリアが興奮気味に食いついてきた。

　そうして話題に花を咲《さ》かせながら、レイドが準備を進めていると……エルリアが寄り添《そ》うように近づいてくる。

「せっかくだから、今日のご飯は昔みたいな粗食《そしよく》にしたい。お肉に塩だけ振ったやつとか、お湯で茹《ゆ》でただけの野菜とか」

「……今さらそんなもん食うのか？」

「懐かしい補正で美味しいかもしれない。あと、それならわたしも手伝える」

　エルリアが慣れた様子で髪をまとめ、腕《うで》を捲《まく》り上げてから包丁を取り出す。

「それじゃ、わたしは野菜を切る」

「はいよ。俺は先に肉を茹でる」

「ん、味付けは任せる」

「昔の味っていったら塩を振りまくったやつだろ」

「……戦って疲れて戻《もど》った時は、しょっぱいのがすごく美味しかった」

何気ない会話を交わしながら、二人でキッチンに立って調理を進めていく。

そんな時、エルリアがトントンと小気味よく音を立てながら呟《つぶや》く。

「……誰《だれ》かと一緒に料理するの、子供の時以来かもしれない」

「それって、エルフの集落にいた頃ってことか？」

「うん。その時はお母さんが少しだけ褒《ほ》めてくれたのを覚えてる」

淡々《たんたん》とした表情のまま、エルリアは静かに野菜を刻んでいく。

「だけど……それ以外のことは、褒めてもらえなかった」

その手を止めながら、ぽつりと心中を吐露《とろ》するようにエルリアは言う。

その横顔を見て……レイドはエルリアの頭に軽く手を置いた。

「その分、今は千年経っても名前が語《かた》り継《つ》がれているくらい褒められてるじゃねぇか」

「…………うん」

「それを知ったら、きっとお前の母親も褒めてくれただろうよ」

「うん」

短い言葉を返しながら、エルリアは口元に小さく笑みを浮《う》かべる。

きっと、これはよくある話の一つなのだろう。

天才と呼ばれる者は他者には理解されない。

見ている物や考えていることが違《ちが》うからこそ、他の者にとっては異端《いたん》のように映り、自身の理解できないものを忌《い》み嫌《きら》って排斥《はいせき》しようとする。

それはまるで――

「レイドは……どんな子供だったの？」

エルリアが海色の瞳《ひとみ》を真《ま》っ直《す》ぐ向けてくる。

その瞳をしばらく見つめてから、レイドは軽く頭を振った。

「……さぁな。昔のことだし、ずっと一人だったことしか覚えてねぇよ」

火加減を眺めながら、レイドはぼんやりと残っている記《き》憶《おく》を思い返す。

「今は丈夫《じょうぶ》すぎる身体になったが、ガキの頃は身体が弱くてな。しょっちゅう熱を出して寝《ね》込《こ》んでたせいで、両親にはだいぶ煙たがられたもんだ」

そんな両親を恨《うら》んでいるというわけではない。

今では「そういった時代だった」と納得している。

レイドの故郷《ふるさと》であるアルテインは貧富《ひんぷ》の差が激しい国だった。

そして領地を広げるために絶えず戦《いくさ》を行っていたこともあり、寂れた寒村に生まれた子供の多くは村を出て兵士になるのが通例だった。

しかし身体の弱かったレイドは兵士となる見込《みこ》みがなかった。

レイドの母親は、親という義務感だけで看病を続けていたような状況だった。

そんなことを繰《く》り返していく内に……やがてレイドに転機が訪《おとず》れた。

「それが悔《くや》しくて、どうにか丈夫な身体になってやろうと思って熱が引く度《たび》に身体を鍛《きた》えて、それでまた熱が出て両親に嫌な顔をされて……そんなことを繰り返していたら、俺はこんな身体になったってわけだ」

「……今みたいに、頑丈《がんじょう》な身体になったってこと？」

「そういうことだ。そりゃもうバカみたいに喜んだぜ。他の奴らと同じように外を走り回れるどころか、村の誰よりも強くなれたんだからよ」

それは当たり前のことができなかった抑圧《よくあつ》感だけでない。

迷惑を掛けていた母の期待にようやく応えられると思ったのが大きかった。

レイドに対して苦言しか向けてこなかった母だったが、それでも幼かったレイドにとっては母親であることに変わりはなかった。

誰よりも強くなれば褒めてもらえると、レイドは信じて疑わなかった。

「だけど──俺は強すぎたんだよ」

手に入れた強さは、同年代の子供たちの間という話では収まらなかった。

まだ七つにも満たない年齢《ねんれい》であったにもかかわらず、レイドは村にいた大人の誰よりも強くなっており、そんな幼いレイドを見た村人たちは口を揃えて言った。

『レイドは人間ではなく化け物の子だ』、と。

そうしてレイドは村人たちからも疎《うと》まれ、化け物の子を産んだと罵《ののし》られた母親はレイドに対する風当たりを強め、我《わ》が子ではなく『化け物』として見るようになった。

そして……レイドを追いやるように流れの傭兵《ようへい》団へと引き渡《わた》した。

当初は子供であったレイドの境遇《きょうぐう》を憐《あわ》れみ、傭兵団の者たちは母親や村の人間たちのことをロクでもないと怒《いか》り、レイドに対して好意的に接してくれていた。

だが、それも僅《わず》かな間でしかなかった。

子供でありながら敵兵を圧倒的《あっとうてき》な暴力によって殺し、どれだけ危険な戦場に出ようとも必ず生きて戻ってくるレイドを見て、仲間と思っていた傭兵団の者たちも『化け物』と呼ぶようになり……やがて誰も近づかなくなった。

「それで村を出た後は傭兵稼業《ようへいかぎょう》を続けて、俺みたいな奴が他にもいるんじゃないかと期待して何度も戦場に出続けたが……結局そんな奴は誰一人《だれひとり》としていなくて、戦功を挙げている内に『英雄《えいゆう》』とか呼ばれるようになった。人生ってのは分からないもんだ」

これもよくある話の一つでしかない。

他者より優れるということは、人としての枠組みから外れるということだ。

そうして二人は大きな枠組みから外れてしまった。

エルリアが卓越《たくえつ》した頭脳を持つ天才として異端視《いたんし》されたように、レイドは最強の人間であったが故に他者から排斥されることになってしまった。

そんな二人が『英雄』と『賢者《けんじゃ》』として持て囃《はや》されることになったのだから、なんとも皮肉な話とも言えるだろう。

そう思いながら、レイドが自嘲気味に笑みを浮かべた時──

「………おい、何やってんだ？」

「んっ……気にしなくていい……っ！」

野菜を切り終えたエルリアが、ぐぐーっと背伸《せの》びをして寄りかかってきていた。

その様子を見て、レイドは試験を受けた時のことを思い出して軽く身体を傾《かたむ》ける。

すると、エルリアがぽんとレイドの頭に手を乗せてきた。

「レイドは偉《えら》い」

「………ああ？」

「すごく偉い」

「突然《とつぜん》どうした」

「さっきわたしのことを褒めてくれたから、そのお返しに褒めてる」

そう言いながら、エルリアは静かにレイドの頭を撫で続ける。

「誰かに褒めてもらえるのって、すごく嬉《うれ》しいことだとわたしは思ってる。だけどレイドはずっと一人でいたから、まだそのことに気づいてない」

そして、慈《いつく》しむように微笑を浮かべてから――

「――だけど、今はわたしがいるから一人じゃない」

そう、諭《さと》すように告げた。

「だから、これからもレイドが頑張《がんば》ったらたくさん褒めたいと思う」

「………そうかい」

「それと、わたしはレイドよりもお姉さんだから適任だと思ってる」

「いや、お前は俺より歳下だろ？」

「それは転生した後の話。前世も含《ふく》めたら、わたしの方が圧倒的にお姉さん」

ふふんとエルリアが自慢げに胸を反らす。

しかし胸元《むなもと》についてはともかく、顔立ちや言動が幼いので明らかに『お姉さん』といった雰囲気《ふんいき》からはかけ離《はな》れているのが現実だ。

だが――

「褒めてくれてありがとうよ、お姉さん」

「うん。たくさん褒めてあげる」

そんな会話を交わしながら、二人は互いの頭を撫で回した。

◆

夕食を終えた後、二人は今後について軽く話し合った。

といっても、話し合ったのは浴室の扱いくらいだ。

浴室の使用は基本的にエルリアが優先、それは着替《きが》えについてと、「お前は人見知りだし、他人の目がある浴場より浴室の方がのんびりできるだろ」というレイドの配慮だ。

「よし……まぁ生活する上での話はこんなところか」

「ん、おつかれさま」

今後についての話し合いを終えたところで、レイドがベッドにばたりと横たわる。

既《すで》に二人とも入浴と着替えを済ませて、いつでも寝《ね》られるように寝巻《まき》となった状態だ。

記憶にあるレイドの姿の多くは甲冑《かっちゅう》姿だったし、カルドウェンの屋敷でも平服姿しか見たことがなかったので、シャツとズボンだけという部屋着姿はなんとも新鮮《しんせん》だ。

そんな姿をぼんやり眺めていると、レイドの視線がこちらに向いていることに気づく。

「ん……レイド、どうしたの？」

「ああ、少し気になったもんでな」

そう言われて、エルリアはきょろきょろと自身の姿を確認《かくにん》してみる。

落ちついた色合いのワンピースと、その上に羽織った薄手《うすで》のカーディガン。

特におかしいところは見当たらない。

そんなエルリアの挙動に気づいてか、レイドは頬杖《ほおづえ》をつきながら指をさした。

「なんでさっきから枕《まくら》を抱《かか》えてるんだ？」

「…………なんとなく？」

両手で枕を抱えながら、エルリアはこくんと首を傾《かし》げる。

「いつも、寝る時には何かを抱えてるから」

「あー、その方が安眠《あんみん》できるってやつか？」

「うん。なにか抱《だ》っこしてると安心する」

戦場では常に相棒となる杖《つえ》を抱きながら寝ていたので、その癖《くせ》で何かを抱えながら寝るというのが無意識の内に習慣となってしまっていた。

屋敷で過ごしていた時もぬいぐるみを抱きながら寝ていたが、さすがに持ってくるわけにはいかなかったので枕で代用している次第だ。

しかし、その様子を眺めていたレイドが自分の枕を手渡《てわた》してくる。

「それなら俺のも使っとけ。寝るなら枕はちゃんと使った方がいいぞ」

「……でも、レイドはどうするの？」

「俺は腕を枕代わりにしてたせいで、逆に枕があると眠《ねむ》れないんだよ。そっちの方がよく寝れるし、気にするって言うなら休日の時にでも買いに行くから安心しとけ」

「ん……分かった」

そう笑いかけると、レイドは頭の後ろで手を組む。

戦っていた時は乱暴で粗野《そや》なイメージだったが、こうして一緒に過ごすようになってから見てみると、意外と繊細《せんさい》で他人のことを気遣《きづか》う一面があったりする。

浴室の件についても、ちゃんとこちらの性分を理解した上で提案してくれたことだ。

少しだけ気を遣《つか》わせてしまって申し訳ない気持ちになるが、そうやって以前は知らなかったレイドの良いところを知ることができるのは嬉しい。

機会があれば、誰かにこっそり自慢したいくらいだ。

「そんじゃ俺はもう寝るから、明かりについては任せた」

「うん、おやすみなさい」

エルリアがひらひらと手を振るのを見届けてから、レイドは静かに目を閉じる。

そして……すぐに寝息《ねいき》が聞こえてきた。

おそらく一分も経っていない。

レイドも戦場で睡眠《すいみん》を取ることが多かっただろうし、身体が休息を求めた時にすぐさま寝ることができるように身体が出来ているのだろう。

「…………」

なんとなく、寝ているレイドの顔をしばらく見つめてみる。

「…………」

そして、エルリアはなんとなくレイドに近づいてみた。

既に深い眠りについているのか、起きる気配はない。

普段《ふだん》よりも近い状態で、寝ているレイドの顔を覗き込《こ》んでみる。

「…………～～～～っ‼」

が、徐々《じょじょ》に顔が熱くなってきたので一旦離《いったんはな》れた。

いけないことをしているような気分になって、戒《いまし》めとして頬《ほお》をぺちぺち叩く。

「でも……いつか、ちゃんと言わなきゃいけないから」

アリシアと婚約《こんやく》について話した夜から、エルリアは一つの目標を決めていた。

レイドに対して自身の想《おも》いを告げる。

恥《は》ずかしがらず、しっかりと目を合わせてレイドのことが好きだと伝える。

レイドが魔法士《まほうし》となり、前世で交わした『決着をつける』という目的を果たし、転生の原因が分かった後は……彼《かれ》がエルリアの傍《そば》にいる理由は無くなってしまう。

だからこそ、ちゃんと伝えなくてはいけない。

これからも、ずっと傍にいたいと言わなくてはいけない。

しかし――

「～～～～っ」

見つめているだけで顔が熱くなってきたので、エルリアはぶんぶんと頭を振った。

そんな自分を恨めしく思ってしまうが、それが自身の性分《しょうぶん》なので仕方ない。

「……少しずつでも、進んでいくことに意味がある」

そう自分を鼓舞《こぶ》しながら、エルリアは小さく拳を握《にぎ》り締める。

そんなことを思ったところで……ふと、昔のことを思い出した。

まだ『賢者』と呼ばれるどころか、魔法そのものが認識《にんしき》されていなかった時代。

それは――エルリアが初めてレイドと出会った時のことだ。


『お前が使ってるやつ、めちゃくちゃ強くてすごいじゃねぇか』


敵であるエルリアに対して、レイドは笑いながらそんなことを言った。

敵同士で殺し合う立場だったというのに、子供のような無邪気《むじゃき》な笑《え》みを浮かべていた。

エルリアが自身の知識と知恵《ちえ》を絞り、心血を注いで作り出した魔法という技術。

それを周囲の人間はおろか、実の母親ですら「無駄なこと」だと言い捨てた。

それをレイドは褒めてくれた。

誰にも理解されず、孤独《こどく》だった自分のことを初めて理解してくれた人だった。

きっと――その時から無意識の内に恋心《こいごころ》を抱いていたのだろう。

だから、エルリアはそれからも努力を重ねていった。

もう一度出会った時に、眩《まぶ》しい笑顔と共に「すごいじゃねぇか」と褒めてもらいたくて、少しずつ改良を重ねて魔法という存在を昇華《しょうか》させていった。
レイドがいたからこそ、エルリアは『賢者』と呼ばれるほどの存在になった。
自分とよく似ている、だけど自分よりも強くてすごい人。
エルリアを孤独から救ってくれた英雄。
だからこそ――

「――レイドはね、本当にすごいんだよ」

そんな自分だけの『英雄』を見つめながら、エルリアは微笑《ほほえ》みながら称賛《しょうさん》を送った。

三章

翌日、レイドは普段通りに目が覚めた。

首を動かすと、時計の針は早朝の六時を指している。

しかし普段とは違う感覚にレイドは顔をしかめた。

「なんか、身体が重――」

そう言いながら身体を起こそうとした時、その違和感《いわかん》の正体に気づいた。

「ん……う……」

隣でエルリアの小さな呻《うめ》き声《ごえ》が聞こえる。

…………。

……………………。

完全に忘れていた。

寝る前に胸元で抱いていた枕は合わなかったのか、哀れにもベッドの端《はし》に追いやられており、その代わりと言わんばかりにレイドの腕に抱きついている。

寝ている間にだいぶ身体をよじらせたのか、綺麗《きれい》に整えられていたワンピースパジャマは乱れており、裾《すそ》も大きくめくれ上がって白い素足《すあし》が露《あら》わになっている。

しかも、レイドが抜け出そうと動き出すと――

「んぅー……」

隣で寝ているエルリアがぎゅっとしがみつき、もぞもぞと身体をよじらせる。

「…………はふ」

そして自分の位置に納得《なっとく》したのか、穏《おだ》やかな表情で再び寝息を立て始めていた。

その姿は無防備そのもので、本当に安心して寝ているということが分かる。

しかし……これ以上、放置しておくわけにはいかない。

無防備なエルリアの姿を見てレイドとしても多少思うところはあったが、今の二人が『婚約者《こんやくしゃ》』という立場である以上、越《こ》えてはいけない一線があるというものだ。

「……一度ジジイになっておいて助かったな」

そう呟いてから、レイドはエルリアの身体を揺《ゆ》さぶった。

「おい、起きろ。もう朝だぞ」

「んぅー…………？」

揺れる感触と声を聞いたおかげか、エルリアの目が僅かに開く。

そして——再びゆっくりと閉じられた。

「いや無言で二度寝《にどね》しようとするんじゃねぇよ」

「やぁぁぁ……っ」

無理やり引き剥《は》がそうとすると、エルリアが腕に顔を押《お》し付けてぐりぐりと頭を振《ふ》る。

本人も言っていたが、これはかなり寝起《ねお》きが悪そうだ。

「もう風呂でも入ってこい。それなら目も覚めるだろ」

「おふろぉ……？」

風呂というワードを聞いて多少覚醒《かくせい》してきたのか、その目が半分まで開かれた。

しかしその瞳はとろんとしていて、いまだ焦点《しょうてん》が合っていない。

「まだ時間に余裕《よゆう》あるし、風呂がいいならそれでも構わねぇよ」

「おふろなら、いくぅ……」

「そんじゃ入ってこい。俺はその間に着替《きが》えて飯でも用意しておくから——」

「…………いっしょ」

「…………ああ？」

「いっしょがいい」

そう言いながら、エルリアが再び腕にしがみついてくる。

確かにまだ寝ぼけているようだし、一人で向かわせるのも危ない。

仕方なく、レイドは溜息《ためいき》をつきながら立ち上がった。

「……わかったから、一緒に行ってやるから転ぶんじゃねぇぞ」

「…………んぅー」

肯定《こうてい》なのかも分からない鳴き声を発しながらも、エルリアはシャツを握りながら素直《すなお》にレイドの後をついていく。

途中《とちゅう》で支給されていた制服を出し、なるべく見ないように鞄《かばん》の中から下着を取って浴室に向かったところで……レイドは魔具《まぐ》を使って湯を張り始めた。

給湯魔具だけでなく、他の設備についても使うだけなら問題ない。

部屋には魔力《まりょく》を貯蔵しておく蓄魔器があり、そこから室内にある魔力回路を介《かい》して作動する仕組みとなっている。

貯蔵してある魔力は入室の際にエルリアが入れたものであるため、レイドが魔力さえ込めなければ壊《こわ》す心配もないということだ。

「ほれ、湯も張ったから入ってこい」

「……………なんで？」

「そこでお前に不思議そうな顔をされると俺が困る」

レイドを見つめながら、エルリアが大きく首を傾げていた。

しかし、その様子を見て昨日エルリアが言っていたことを理解した。

『寝起きだとぼけぼけになる』

つまりこれが『ぼけぼけ』といった状態であり、アリシアが『諸々《もろもろ》』を任せると言っていた要因の一つでもあるのだろう。

そんなレイドの苦悩《くのう》を気にすることなく、エルリアがシャツを引いてくる。

「…………いっしょ」

「……待て、それはさすがにダメだ」

「でも……さっきわかったっていった」

少しだけむくれながら、エルリアが半眼で睨《にら》んでくる。

「わかったって、いってたもん」

頬を膨《ふく》らませながら、何度もシャツを引いてくる。

おそらく、今のエルリアに何を言っても聞く耳を持たない。

完全に目を覚まさない限り、しばらくこの状態が続くことになるだろう。

しばらく、レイドは唸《うな》りながら葛藤《かっとう》し——

「風呂に入っている間も手は握っててやるから、それで勘弁《かんべん》してくれ……ッ」

「ん」

がっくりとうなだれるレイドの返答を聞いて、エルリアが満足そうに頷《うなず》いた。

そして隣から衣擦《きぬず》れの音が聞こえ出した瞬間《しゅんかん》、レイドは顔を背《そむ》けて目元を覆《おお》うようにタオルを巻きつける。

「あれ……なんで、顔にタオルをまいてるの……？」

「俺は風呂に入る時はタオルで目を覆う習慣があってな」

「でも、それだとみえなくなっちゃうよ……？」

「英雄をなめんじゃねぇぞ。目が見えなくても周囲の物とか把握《はあく》できるからな」

「えいゆう、すごい……」

ふにゃふにゃした声と共に、てちてちと音が聞こえてくる。エルリアがのんきに手を叩《たた》いている姿が容易に想像できる。

この状態のエルリアなら、適当なことを言っても納得しそうだ。

「ほれ、ちゃんと握ってるから入ってこい」

「ん……わかった」

少しだけ歩みを進めてやると、ちゃぽんと水音が立った。

「すごく、あったかい……」

「そりゃよかったな」

「うん……しあわせ……」

ほう、とエルリアが軽く息を吐く音が聞こえてくる。

「あったかくて……すごく、しあわせ」

「まぁ全身が湯に浸《つ》かってるわけだしな」

「んーん……ちがうの」

そう答えてから、エルリアが握る手に少しだけ力を込めてくる。

「あったかい」

そう繰り返しながら、何度も手を握り返してくる。

きっと、今のエルリアは本当に幸せそうな笑みを浮かべていることだろう。

それが見えないのは少しだけ残念だ。

そんなことを思いながらも――

「そうだな」

口元に笑みを浮かべながら、レイドも言葉を返した。

◇

風呂《ふろ》から上がった後、ようやくエルリアの意識が完全に覚醒してくれた。

「……レイド、なんかすごく疲れてる？」

「ああ……いや……まぁ気にすんな」

教室へと向かっていた道中、エルリアが心配そうに顔を覗《のぞ》き込んでくる。

なにせ風呂から上がった後も大変だった。

エルリアが完全に覚醒したのは、正確には身体の水気を拭《ふ》き取らせ、温風魔具で髪《かみ》を乾《かわ》かしてやり、下着や制服を着るように指示した後だ。

その時にも「拭いて」とねだられたり、「風がこない」と言って温風魔具を前後逆に持っていたり、「スカートのホックが留《と》まらない」と言われて代わりに留めたりと……それはもう色々と手を尽《つ》くすことになった。

それらを全て目隠《めかく》しした状態で行ったのだから疲労《ひろう》もする。

「やっぱり……ぼけぼけしてた？」

「ああ……なんかすげぇ状態だったな……」

「ふ、普段はならない……っ！　すごく疲れたり、緊張《きんちょう》した時だけだから……っ！」

レイドの感想を聞いて、エルリアが顔を赤くしながら必死に弁明してくる。

ちなみに、その間のエルリアは一切記憶《いっさいきおく》がないとのことだった。

おそらくエルリアとしてはすごく寝《ね》ぼけている程度の感覚なのだろうが、今朝の出来事を細かく伝えたら卒倒《そっとう》してしまいそうなので黙《だま》っておくことにしよう。

そう心に決めてから、レイドはエルリアと共に教室へと入った。

昨日と同じ席に座《すわ》るウィゼルとミリスの下に向かうと、気づいた二人が軽く手を挙げる。

「あっ、お二人ともおはようございますーっ！」

「ずいぶんと遅《おそ》かったな。もう始業寸前だぞ」

「それについては色々とあったんだよ……」

「う、うん……色々あった」

そう言いながら席に座ると、ミリスがにんまりと笑みを浮かべる。

「おやおやぁー？　婚約者のお二人は昨晩なにをされていたんですかねぇー？」

「なにって……普通《ふつう》に寝ただけだぞ」

「本当ですかねー？　それならエルリア様に答えていただきましょうっ！」

ミリスが目を輝《かがや》かせながらエルリアに詰《つ》め寄る。

「ずばりっ！　昨晩はどうだったんでしょうかっ!?」

「えと……昨日はレイドと一緒《いっしょ》にごはん作って、お互《たが》いの頭を撫《な》でた」

「うわぁ……仲睦《むつ》まじい感じですねっ！」

「それで、二人で同じベッドで寝た」

「わっ、わっ！　それでどうなったんですかっ⁉」

「ぐっすり寝て起きたら朝になってた」

「…………うん？」

その返答を聞いて、ミリスがぐるりとレイドに顔を向ける。

「え、なんかそういうのなかったんですか？」

「お前は何を言わせようとしてんだ」

「いやまぁ……私も年頃《としごろ》ですし、そういった知識についても多少は持ち合わせてるので、いつか自分にも訪れる官能的なあれそれの参考にしようとか思ってたんですけど」

「アホか。俺《おれ》たちは『婚約者』ってだけなんだぞ」

レイドたちは『婚約者』として将来的な婚姻《こんいん》を約束しただけであり、まだ婚姻を交《か》わした という間柄《あいだがら》ではない。

つまり――

「婚約者の立場で婚前交渉《こんぜんこうしょう》とかあり得ないだろ」

「あー……私は田舎《いなか》の民なんで知らないんですけど、そうなんですか？」

「場合によっちゃ死刑《しけい》だぞ」

「そこまで重い罪に問われるんですかッ⁉」

しかし、そこで話を聞いていたウィゼルが会話に入ってくる。

「それについてはオレも古い慣習として聞いたことがある。婚約中は様々な事情で破棄《はき》されることもあるため、正式に婚姻を結ぶまでは肉体関係を禁じていたそうだ。昨今では聞かない話だが、カルドウェンほどの家柄《いえがら》ならあり得る話だろう」

「なんだ昔の話だったんですか……そんなことで死刑になるとか、昔の偉い人たちって恋《れん》愛《あい》するのも一苦労だったんですねー」

ミリスが納得したように神妙《しんみょう》な面持《おもも》ちで頷く。

だが……それを聞いた当事者たちは首を傾げていた。

「え、今そんな感じなのか？」

「……わたしもそうだと思ってたから、お母さまに聞かないと分からない」

「いや、聞いたところで俺は昔の感覚だから何もしねぇんだけどさ」

「わたしも魔法以外に興味なかったから……よく分からない」

「とりあえず普段通り過ごせばいいってことだな」

「うん、それでいいと思う」

「いやお二人の過ごし方は婚約者以上だと思いますけどねっ⁉」

会話に聞き耳を立てていたのか、ミリスがそう突《つ》っ込んできた。

どうやら千年経《た》ったことで貞操《ていそう》観念も変わっていたらしい。

レイドとしては多少意識していたとはいえ、今は学院を無事に卒業することや転生した原因の究明など、優先すべき事柄《ことがら》が山のようにある。

それらについて考えるのは、全て片付いた後でいいだろう。

「そういや、確か今日からは担当教員が来るはずだよな？」

教室にある時計を眺《なが》めると、既に始業時間を過ぎている。

入学者たちは試験の成績、出身、家柄などを綿密に考慮《こうりよ》して振り分けられており、そのクラスごとに担当教員が就《つ》くと前日に説明を受けた記憶がある。

しかし、いまだ担当教員は現れない。

「言われてみれば既に始業を過ぎているな。何か問題でもあったのだろうか」

「もしかして迷子とかですかねー？」

「ミリスが迷わず来られた時点でそれはないだろ」

「そんなアホの子みたいに言わないでもらえますっ⁉」

「大丈夫《だいじょうぶ》、ミリスは賢《かしこ》い子」

そんなやり取りを交わしながら、エルリアがミリスの頭をぽんぽん叩いていた時——

教室の壁《かべ》が勢いよく吹《ふ》き飛ばされた。

突然起こった破砕《はさい》音と土煙《つちけむり》によって、教室の中からいくつか悲鳴が上がる。

その最中……土煙の中から人影《ひとかげ》が向かってくる。

「——あっぶなー。遅刻《ちこく》したらエリーゼに怒《おこ》られるところだったわ」

周囲の悲鳴など意に介さず、人影が靴音《くつおと》を鳴らして教壇《きようだん》に立つ。

流れるような黒髪《くろかみ》の女性。

おそらく歳《とし》は二十半ばといったところだが、その歩く所作などに隙《すき》はなく、確かな経験によって洗練されたものであることが窺《うかが》える。

そして……黒髪の女性は黄金色《こがねいろ》の瞳を生徒たちに向けてから——

「——あたしが担当教員だから、よろしくー」

そう軽い調子で告げた瞬間、周囲の生徒たちが顔を見合わせながら騒《さわ》ぎ立てた。

「あれって《黒導旗》のアルマ・カノス様よね……？」

「でも……アルマ様は王命で東方にできた大規模竜巣《りゅうそう》の討伐《とうばつ》に向かったって、少し前に御《お》触《ふ》れが出たばかりじゃなかったか……？」

「いや、そもそも特級魔法士が担当教員をするなんて聞いたことないぞ」

そう語る生徒たちの言葉には尊敬と畏怖《いふ》の念が込められていた。

魔法士は実力に応じて等級が振り分けられている。

資格を得た時点では五級から始まり、その等級に応じて対処に当たる魔獣《まじゅう》や害獣《がいじゅう》が割り当てられ、功績や実力によって昇級《しょうきゅう》が行われる機構となっている。

その中で……特級に分類される魔法士は十人にも満たない。

第十界層の魔法を行使し、単独で超大型魔獣《ちょうおおがたまじゅう》の討伐を行った者に贈《おく》られる名誉《めいよ》等級。

討伐依頼《とうばついらい》を仲介《ちゅうかい》する魔法士協会ではなく、ヴェガルタ王からの勅命《ちょくめい》によって、討伐が困難である大型から超大型魔獣、もしくは未確認《みかくにん》の魔獣への対処を主任務としている。

その多くが国から危険指定を受けた区域の守護を行っていたり、魔獣の対処で各地を飛び回っていたりするため、たとえ国事であったとしても表に姿を見せる機会は少ない。

『賢者』が魔法の礎《いしずえ》を作り上げた伝説上の人物であるなら、特級魔法士たちは現代における生ける伝説と呼べる者たちだ。

そんな人間が担当教員になるなどあり得ない。

生徒たちの言葉を見越していたのか、黒髪の女性……アルマが手を打つ。

「はいはい答えるから喚《わめ》くな《みこ》ー。あたしが担当教員になったのはヴェガルタ王と学院長の二人から要請《ようせい》を受けたからで、規格外の生徒が二人いるから何かあった時に対処できる人間じゃないとダメってことで急遽《きゅうきょ》決まったのよ」

「あの……少し前に下された竜巣討伐はどうされたのでしょうか？」

「あん？　そんなもん少し前にブッ壊して帰ってきてたわよ」

そうサラリと言ったが、竜巣とはその名の通り大型魔獣に分類される竜の巣だ。

営巣《えいそう》を行ったということは繁殖期《はんしょくき》に入って凶暴化《きょうぼうか》しており、大規模であったということは複数体の竜が対象だったことになる。それは本来なら国が莫大《ばくだい》な予算と時間を割《さ》き、数千以上の人員を投入して対処に当たらなくてはならない事案だ。

「後処理とかは全部他の奴《やつ》らに丸投げしてきたから、正式に話が出るのは少し先かしらね。そんでヴェガルタ王に報告した時に、最近重い仕事を任せてばっかりだったから、休養がてらに担当教員をやらないかって言われて引き受けたわけよ」

事情の説明を終えたところで、アルマは再び生徒たちに向き直る。

「ま、あたしもこの学院の出身だから勝手は知ってるし、あたしの魔法戦闘《まほうせんとう》の実力については知っての通りよ。教導については多少期待しておきなさい」

その自信に満ちた笑《え》みを見て、生徒たちも興奮と期待を表情に浮《う》かべる。

それらを満足そうに眺めてから、アルマは大きく頷いた。

「そんじゃまー、先に今後の流れとか面倒《めんどう》な説明を済ませようかしらね」

チョークを手に取り、黒板に大きく文字を記していく。

「まず入学者たちは一クラス三十名、合計五クラスに分かれて振り分けられている。そして一年ごとに個人評価とクラス評価を合計した数値が算出されて、その数値が一定水準を超えていた者は魔法士としての資格を得て卒業できるってわけよ」

豪快《ごうかい》に記された文字をコツコツ叩いてから、アルマは生徒たちに向き直る。

「ここで大事なのはクラス評価ってとこね。仮に個人で最大評価を取っていたとしても、所属クラスの評価が低ければ魔法士になることができない。これは魔法士の職務として、個々ではなく集団行動に重きを置いているのが理由よ」

魔法士の職務は魔法犯罪の対処と、害獣や魔獣の討伐が主となっている。

しかし単純に魔法犯罪者の対処や魔獣を討伐するだけでなく、周辺住民の退避《たいひ》、安全地帯や避難《ひなん》ルートの確保、危険地帯で孤立《こりつ》した人間の救出なども当てはまる。

それら全てを単独で行える人間は極《きわ》めて少ない。

たとえばエルリアや特級魔法士と呼ばれる者たちであるなら、その全てを単独でこなすことができるかもしれない。

しかし、全ての魔法士たちが一握《ひとにぎ》りの天才というわけではない。

だからこそ魔法士は様々な事態や状況《じょうきょう》に対応するため、基本的に数名によって編成されたチーム、大規模な任務であれば数十人単位の部隊で行動する。

そういった複数人で行動する際に何か問題を起こすことがないか、個ではなく群として正しく機能させることができるか、それを見極《みきわ》めるためのクラス評価なのだろう。

「個人評価は月に一度、実戦や様々な状況を想定した『条件試験』で行われるわ。そんでクラス評価は年に四回、他クラスや他校のクラスを交えて様々な条件を課した『総合試験』によって評価される。この二つは全ての評価に直結するから絶対に覚えておきなさい」

そこまで説明したところで、突然アルマが眉間《みけん》にシワを寄せた。

「あとは、えー……ちょっと待ちなさい。確かエリーゼから教員用のマニュアルみたいなもん渡《わた》されたから、それ見ながら軽く説明するわ」

そう告げてから、アルマは懐《ふところ》に手を入れて手帳のようなものを取り出しめくり始める。

「えーと……座学だと六種の魔法系統における理論や知識、討伐対象である魔獣たちの習性や特性、魔法士として活動する上で必要になってくる体力や魔力といった基礎《きそ》能力の重要性、効率的な魔法の運用技術と――」

そこに書かれている内容を小声で呟《つぶや》いてから、アルマはぱたりと手帳を閉じた。

「うしっ！　習うより慣れろってことで面倒だから実技訓練で教えるわっっ!!」

手帳を放り出してから、アルマは再び懐に手を入れる。

そこから取り出された――刻印の施《ほどこ》された白銀のハンドベル。


「――まずは、暴れる場所に移動するわよ」


笑みを浮かべながらアルマが軽くベルを振るった瞬間――

レイドたちの視界が歪《ゆが》み、眼前に見えていた光景が様変わりした。

どこまでも広がる蒼空《そうくう》と草原。

その髪や肌《はだ》を撫でる風の感覚だけでなく、漂《ただよ》ってくる草木や土の匂《にお》いも感じ取れる。

つまり、幻術魔法《げんじゅつまほう》といった視界や認識を阻害《そがい》するものではない。

「ここはエリーゼ……学院長が作った魔具で生成された異空間よ。あたしが解除しない限り外には出られないし、中で何をしても外には影響《えいきょう》ないってやつね」

そう言って、アルマは展開した自身の魔装具を肩《かた》に担《かつ》ぐ。

翼《つばさ》に似た幅広《はばひろ》い刃《やいば》を持つ戦斧《せんぷ》。

その刃先《はさき》には長大な黒布が付いており、旗のように靡《なび》いている。

「そうねー。説明ってことなら色々できる子の方がいいかしら。誰《だれ》かあたしの模擬《もぎ》戦相手として立候補したい子とかいるー？」

そうアルマは軽々しく言うが、生徒たちは困惑《こんわく》しながら顔を見合わせた。

なにせ相手は特級魔法士であり、生徒たちも魔法に関しては心得があるとはいえ、実際に戦闘《せんとう》経験がある者は多くないだろう。

「ほらほら、ちゃんとあたしの方で手加減するし、怪我《けが》させるようなこともしないから心配しなくていいわよー。初心者歓迎《かんげい》、未経験でも大歓迎《だいかんげい》っ！」

ニコニコと笑いながら言っているが、その手に持っている凶悪《きょうあく》な戦斧をブンブンと振り回す姿ではまるで説得力がない。

しかし――

「――それなら、僕《ぼく》がお相手しましょう」

そんな言葉と共に、ファレグが生徒たちの中から踏《ふ》み出していった。

「僕は少なくとも第七界層までの魔法を扱《あつか》える身です。そして幼い頃《ころ》から魔法士になるように心身を鍛《きた》え上げ、魔法戦闘についても行ってきました」

「へぇー、すごいじゃないの」

「いえいえ、ヴェルミナン家の子息として当然の嗜《たしな》みですとも」

アルマの素直な賞賛を受けて、ファレグが誇《ほこ》らしげに胸を反らしていた。

「魔法系統についても三種ほど心得があり、その全てにおいて平均以上の水準を――」

「そんじゃ、あたしもちょっとだけ本気出していい？」

「…………え」

しかし、調子に乗ったのがいけなかった。

「あ……その、手加減をするという話では？」

「手加減はするけど、子供の頃から魔法戦闘の訓練を受けてきたなら大丈夫でしょ？」

「そ、それは具体的にどれくらいの本気でしょうか……？」

「とりあえず骨数本くらい？」

「待ってくれッ！　手加減をした上で骨を折られるって何をされるんだッ⁉」

アルマの言葉を聞いて、ファレグが青ざめながら僅《わず》かに身を引く。

そんな時――ふと、アルマの視線が移った。

生徒の中から挙がっている手。

それはレイドの隣《となり》に立つ人物だ。

「わたし、やりたい」

「あら、そっちのお嬢《じょう》ちゃんも立候補ってこと？」

「うん。先生と戦ってみたい」

「おー、そっちの男の子より威勢《いせい》がいいじゃない。名前はなんて言うの？」

「エルリア・カルドウェン」

「ああ……学院長の言ってた規格外の子ね。確か第五界層までしか使わないように言われてるって聞いたから、あたしもそれに合わせ――」

「ん……大丈夫、手加減しなくていい」

自身の魔装具を展開しながら、エルリアは淡々《たんたん》と言葉を返す。

「それより……先生の方は、大丈夫？」

「……それはどういう意味かしら？」

僅かに目を細めたアルマに対して、エルリアは小さく頷いてから――

「――わたし、手加減した方がいい？」


そう静かに告げた瞬間。

エルリアの眼前で、漆黒《しっこく》の風が爆《は》ぜるように吹き荒《あ》れた。

その衝撃《しょうげき》の余波を受けて間近にいたファレグが地面を転がっていき、他の生徒たちも悲鳴を上げながら顔を覆っている。

「なるほど――本当に自信があるみたいね？」

黒翼の戦斧を担ぎながら、アルマは歯を見せて笑った。

アルマの影《かげ》から這《は》い出ている――骨の腕《うで》。

墨色《すみいろ》に染め上げられた巨大《きょだい》な骨腕。

アルマの魔法によって生み出された骨腕が、黒風を纏《まと》いながらガタガタと不気味な笑い声のような異音を奏《かな》でている。

相手が認識する前に放たれた、魔法による不意打ち。

それが試合といった定められたルール下における戦いであったならば、アルマの放った一撃《いちげき》は卑劣《ひれつ》な攻撃《こうげき》として他者から罵《ののし》られていただろう。

しかし、実戦にルールというものは存在しない。

そのことを――エルリアは誰よりも理解している。

「わりと強めに殴《なぐ》ったのに、あっさり防ぐなんてやるじゃない」

アルマが見据《みす》える先には、白銀の輝きを放つ光盾《こうじゅん》が展開されている。

その後ろでエルリアは涼《すず》しげな表情と共に立っていた。

「うーわ……なにそれ、物理衝撃だけじゃなくて魔力拡散で魔法攻撃《まほうこうげき》すら弾《はじ》くようにしてあるじゃない。よくそんな細かいことできるわね」

「うん。こういうのは得意」

「面白《おもしろ》いじゃない。他にも色々できるんでしょ？」

「……リクエスト、ある？」

「何でもいいわよ。ただし、あたしをブッ倒《たお》すつもりでね」

エルリアに戦斧を向けながら、不敵な笑みを浮かべる。

「こっちも――骨を何本までいけるか、試《ため》してあげるわ」

その言葉の直後――アルマの影が蠢《うごめ》いた。

甲高《かんだか》い耳障《みみざわ》りな擦過音《さっか》と、骨同士が打ち合うことによって生まれる聞き慣れない異音が草原の中で無数に響《ひび》き、影から墨染色《すみぞめ》の骨腕が大蛇《だいじゃ》のように湧《わ》いていく。

しかし、その様相を見てもエルリアは眉《まゆ》一つ動かさない。

くるりと杖《つえ》を取り回し、巨大な骨腕群を見据える。

「それじゃ、わたしも全部やる」

二人が臨戦態勢に入ったところで、レイドは周囲にいた生徒たちに声を掛《か》けた。

「おい、動ける奴らは吹っ飛ばされて気絶した奴と、足が竦《すく》んで動けない奴らを引っ張って下がっとけ。向こうも配慮《はいりょ》してるだろうが、また余波で怪我するかもしれねぇぞ」

「は……はいっ！　わかりましたっ!!」

レイドの言葉を聞いて、我に返った生徒が周囲に呼びかけ、吹き飛ばされて気絶しているファレグや倒れている生徒たちに肩を貸して距離《きょり》を取っていく。

それを確認《かくにん》してから、レイドは近くにいるウィゼルとミリスに声を掛ける。

「お前らはどうする？　面白いことになってるから俺はここで観戦するけど、怪我とかしたくなかったら他の奴らと一緒に下がってた方がいいぞ？」

「いや……オレもぜひ見物させてもらおう。特級魔法士《まほうし》の魔法を間近で見られることもそうだが、それを防いだエルリア嬢の手腕《しゅわん》についても興味深い」

「あはは……私、両足ガクブルで逃《に》げられそうにないんですけど……ッ!?」

「んじゃ俺の後ろに隠《かく》れとけ。なんかあったら俺が対処してやるから」

そう告げると、ミリスは首と両足をガクガク揺らしながら頷いた。

「しかし……あれが特級魔法士の魔法か。凄《すさ》まじいものだな」

ウィゼルが眼鏡型の魔具に手を掛け、二人の様子を仔細《しさい》に眺め始める。

「系統は……『黒』が主体といったところか？」

「だな。それと『青』を入れた混合系ってところだろ」

魔法の原系統は六種の『色』によって分類される。

魔力によって物体や事象を引き起こして放出する『赤』。

魔力によって物体や事象を別の性質に変換《へんかん》する『青』。

魔力によって物体や生物を操作する『緑』。

魔力によって概念《がいねん》や法則を書《か》き換《か》える『黄』。

魔力によって本来持つ性質などを強化する『白』。

魔力によって本来は持たない性質を付与《ふよ》する『黒』。

それら六種の中から自身の魔力質に合った系統を主体とし、使用する魔法の目的に応じた色系統の魔法を組み重ねていくことで魔法式が作り上げられる。

そうして組み上げられた先で作り上げられたのが召喚魔法《しょうかんまほう》、強化魔法、空間魔法、転移魔法などと一般的《いっぱんてき》に呼ばれるものであり、魔法を専門的に学んでいる魔法士たちの場合は最初に六色の原系統によって大まかな分類を行う。

どの原系統を主体とするかは当人が持つ魔力質によって左右され、大半の者は一色、そして多い場合であっても二色から三色程度しか主体となる適性を持たない。

しかし――

「──あー、もうッ！　あんた本当に全部やってくるとか反則でしょっ⁉」

「うん。全部やるって言ったから」

　魔法の創始者──『賢者《けんじゃ》』であるエルリアには当てはまらない。

　その戦いぶりは千変万化《せんぺんばんか》という言葉が相応《ふさわ》しい。

　迫《せま》りくる骨腕を生成した大樹の根によって搦《から》め捕《と》り、打ち下ろされた一撃を空気の壁によって逸《そ》らし、光壁によって戦線を押し上げ、そうして生まれた隙を突くように獣《けもの》を模《かたど》った炎《ほのお》がアルマに対して襲《おそ》い掛かっている。

　それは本人が「全部やる」と言ったように、六種全ての原系統を主体にできる者でなければ為《な》し得《え》ないほど多彩《たさい》な魔法だ。

「すごい……エルリア様、特級魔法士の先生相手に渡り合っちゃってますよ……」

「ああ……あれほどの魔法を同時に発動して展開するだけでなく、その全てを精密に操作できる人間がいるとは……驚嘆《きょうたん》どころか絶句するほどの手腕だ」

　二人がぼんやりと感想を漏《も》らす中、ウィゼルが眉をひそめる。

「しかし、先の話によればエルリア嬢は使用できる魔法界層が制限されているのだろう？アルマ教員が使用しているのは明らかにそれ以上の魔法であり、本来ならまともに応戦できることなく打ち消されていてもおかしくないはずだ」

「でも……普通に押し返していたり、むしろ先生の魔法を壊したりしてますよね？」

そんな疑問を口にした二人に対して、レイドは静かに問い掛ける。

「お前ら、エルリアが今何個の魔法を使ってるか分かるか」

「使っている魔法の数……ですか？」

「にわかには信じがたいが、少なくともオレの魔具で見る限り、数十個以上の魔法を同時に使っているのは間違《まちが》いないが……」

エルリアに注視する二人に向かって、レイドは静かに告げた。

「千個だよ」

「…………は？」

「あいつが使ってる魔法の数だ。正確にはそれ以上だけどな」

「え、いや……待ってください千個以上って……？」

「今お前らが見ている魔法は、普通だと感知できないレベルの微細《びさい》な魔法を何個も展開して組み上げられているってわけだ。ウィゼルが魔具で観測したのはその完成系の数だな」

「待て、それはつまり――」

その魔法の一つ一つは、第五界層以下の魔法に過ぎない。

しかし――それが星の数ほどあれば、話は大きく変わってくる。

「あいつは魔力じゃなくて――魔法で魔法を組み上げてんだよ」

しかしその魔法たちを無数に展開し、その全てを加えて重ねて束ねることによって、魔力ではなく『魔法によって組まれた魔法』にすることで、本来ならば打ち消されるはずの魔法を圧倒的《あっとうてき》物量によって相殺《そうさい》している。

そんな常人では到達《とうたつ》できないほどの離《はな》れ業《わざ》。

「たしか――『加重乗算展開』だったか。ずいぶんと懐《なつ》かしいもんだ」

舞《ま》うように杖を振《ふ》るエルリアを眺めながら、過去の戦場で見た勇姿を思い返す。

そんな呟きを漏らしていた時、ウィゼルが僅かに声を震《ふる》わせながら問い掛ける。

「……レイド、お前はその魔法が全て見えているのか？」

「おう。当たり前じゃねぇか」

そう答えながらも、レイドはエルリアから目を離さない。

その美しいほどに洗練された技巧《ぎこう》。

「ずっと、俺はあいつのことばかり見てたからな」

空を見上げ、無数に輝く星の瞬《また》きを目にした時のような高揚《こうよう》感。

『英雄《えいゆう》』と呼ばれた男が、少年のように心を奪《うば》われた存在――

「──俺が夢中になるほど、あいつは誰よりも真《ま》っ直《す》ぐで眩《まぶ》しいんだ」

そう、レイドは嬉々《きき》とした輝かしい笑みと共に告げる。

そんな時──一進一退を繰《く》り返していた両者に変化があった。

「はぁー、これもダメだっての？」

「全部捌《さば》かれちゃったから、先生は本当にすごいと思う」

「生徒に褒《ほ》められるとか、あたしとしては微妙《びみょう》なところねぇ……」

「だけど──まだ、本気じゃないでしょ？」

その言葉を聞いた瞬間、アルマの表情が変わった。

「そうねぇ……この様子だと、こっちも本気で相手しないと失礼ってやつよね？」

笑みを浮かべながら、アルマは携《たずさ》えていた戦斧の石突《いしづ》きを地面に突き立てる。

その先端《せんたん》についた黒布が、これ以上はないと警告する黒旗のように靡く。

「──さぁ、『行軍』の時間よ」

アルマの言葉に応じるように、影から這い出ていた骨腕たちが震え出した。

蠢き、犇《ひし》めき、他の骨腕を押《お》し退《の》け、我先に戦場へ向かおうとするように……外界へと向かってその腕を伸《の》ばしていく。

「――戦を始めなさい、《亡雄の旅団》」

アルマの影から現れたのは、今まで見えていた骨腕の先だった。

巨大な骨によって組み上げられた巨人《きよじん》。

その巨人たちが外に出ていた肉を持たない自身の骨腕を使い、狭《せま》い影の中から這い出るように次々と姿を現していく。

現れたのは骨の巨人たちだけではない。

武装した無数の骨兵。

骨を組み上げて造られた戦車に乗る工兵、朽《く》ち果てた翼で空を駆《か》ける竜の背に立つ竜騎《りゅうき》兵《へい》、頭のない骨馬に跨《またが》る騎《き》兵《へい》、逃げ惑《まど》う者たちを俊足《しゅんそく》と鋭牙《えいが》によって捕《と》らえる獣を統率《とうそつ》する猟兵《りょうへい》、聞く者を震え上がらせるように軍歌を奏でる軍楽兵――

地獄《じごく》の底から這い出るように、『軍』が草原を埋《う》め尽くしていく。

その死者の軍勢を導くように、アルマは黒旗のついた戦斧を掲《かか》げる。

「さぁ……あたしが本気でやるからには、お嬢ちゃんも覚悟《かくご》しておきなさい」

不敵な笑みと共に、眼前に立つ敵を金色の瞳《ひとみ》で見据える。

「──この『黒旗』を超《こ》えるなら、命を捨てるつもりで掛かってきなさい」


重く、のし掛かるような言葉がエルリアに向けられる。

そこで初めて、エルリアの表情に変化が生まれた。


「──え」


小さな呟きと共に、エルリアの瞳が動揺《どうよう》を浮かべる。

「なんで……あなたがその言葉を知ってるの？」

アルマに対して明確な敵意を向けながら、エルリアが魔法を構築していく。

「あら、何か気に障《さわ》ることでも言った？」

「うん……それを言っていいのは、この世でただ一人だもの」

魔装具《まそうぐ》によって、周囲に無数の陣《じん》を展開しながらエルリアは骨の軍勢を見据える。

「色々訊《き》きたいから、ちょっと本気出す」

「ええ──こっちも、そのつもりだしねッ!!」

巨大な指揮棒のように振るわれた戦斧によって、骨の巨人が動き出した。

骨の巨人が手にする、巨大な剣《けん》によって振り抜《ぬ》かれた一閃《いっせん》。

味方の軍勢すら厭《いと》わない、全てを蹂躙《じゅうりん》する巨重《きょじゅう》の一撃。

「────ッ」

その一撃を受け止めるため、エルリアがさらに魔法を加えようとしたところで──

巨人の剣が、音もなく止まった。


「────は？」

次に驚愕《きょうがく》を浮かべていたのは、アルマの方だった。

全てを薙《な》ぎ払《はら》う渾身《こんしん》の一撃。

それが──たった一人の人間の手で受け止められている。

「──勝負に水をさして悪いな」

掴《つか》まれた剣が微動《びどう》だにしないことに異変を感じたのか、骨の巨人が暴れ始める。

しかし、その剣が動く気配がない。

レイドの片手に捕らわれ、純粋《じゅんすい》な力によって押さえつけられている。

「だけど……俺も『自分の言葉』を使われて黙ってるわけにはいかねぇからな」

レイドが右手に力を込《こ》めた瞬間《しゅんかん》──

その剣ごと、骨の巨人が力任せに倒された。

地響《じひび》きと共に巨体《きょたい》が地面に打ち倒《たお》される。

それだけではない。

力任せに巨体を振り回し、その周囲にいた骨兵たちが骨の割れる軽い音と共に砕《くだ》き散らされ、アルマの魔法によって展開された『軍』の一部が抉《えぐ》られていく。

広大な草原の中で、周囲を覆《おお》うほどの土煙が広がっていく。

その光景を目《ま》の当たりにして、アルマは警戒《けいかい》と共に目を細める。

「あんたが……もう一人の規格外って奴ね？」

「レイド・フリーデンだ。よろしく頼《たの》むぜ、先生」

「これはまた面倒というか、意味不明な子がいたもんね……。明らかに魔法を使った様子もないし、なんであたしの魔法を受け止められたわけ？」

「こっちも訊きたいことがある。それに答えてくれたら教えてやるよ」

その戦斧に取り付けられている黒布。

紋章《もんしょう》が掠《かす》れて消えかけていたせいで、レイドも気づくのが遅《おく》れてしまった。

しかし……先ほどアルマが告げた口上によって確信した。

それはレイドが戦場で口にしていたものだ。

かつて存在し、現代では消滅《しょうめつ》した亡国。

かつて『英雄』と呼ばれた男のいた国──


「──なんで、あんたは『アルテインの軍旗』を掲げてるんだ」


アルマを睨《にら》みながら、レイドは静かに問い掛ける。

しかし、その言葉を聞いてもアルマは表情を崩《くず》さない。

その金色の目に闘志《とうし》を滾《たぎ》らせている。

「さてねぇ……あなたが何を言ってるか分からないけど、そっちが先に答えないっていうなら、あたしが答える義務ってのもな──」

そう言いながら、アルマが再び臨戦態勢に入った時──

『──君たちは何をやってるんだあああああああああああっっ!!』

耳を劈《つんざ》くほどの大音声《だいおんじょう》が、空間の中で響き渡った。

その声を聞いて、対峙《たいじ》していた二人も思わず耳を塞《ふさ》いでいる。

「あ、やば……もしかしてエリーゼの方でも見えるってやつ？」

『見えてるし聞こえてるよっ!!』

　空間全体にエリーゼの大音声が響き渡る。

『二人のことが気になって様子を見てみようと思って覗《のぞ》いてみたら、なにアルマちゃんは生徒相手に第十界層の魔法を使おうとしてるのさッ!?』

「あー……なんかこっちも本気出さないと失礼だと思っちゃったみたいな？」

『ダメに決まってるでしょっ!?　そもそもエルリアちゃんに魔法制限掛けたのは学院側だってのに、教員の君が第十界層の魔法を使うとか恥《は》ずかしくないのっ!?』

「いやまったく。とりあえず再開していい？」

『ダメだってばぁーッ!!　第十界層の魔法なんて想定して作ってないんだから、使われたらボクの魔具ごと壊《こわ》れちゃうよッ!!　もし壊したらすごく怒るからねッ!?』

「はいはい、わかったわよ……」

　溜息《ためいき》をつきながら、アルマが骨の巨人たちを自身の影の中に収納していく。

「そんじゃエルリアちゃん、今回はお預けってことでいいわよね？」

「ん……残念」

「まぁその腕なら魔法士どころか間違いなく特級になれるだろうし、その時にはエリーゼに見つからないところで再戦しましょ」

「うん。楽しみにしておく」

『ボクが聞いている前で決闘《けっとう》宣言とかやめてくれるかなぁっ!!』

そんなエリーゼの声を聞いて、エルリアとアルマは互《たが》いに苦笑《くしょう》を向ける。

「そっちのレイドくんも、そういうことでいいかしらね?」

「……ま、止められちまったなら仕方ないわな」

「心配しなくても、後でちゃんと話をする時間を取ってあげるわよ。だけどあたしは教員ってことで来てるし、他の子たちを放置するわけにはいかないってことでね」

生徒たちが退避している場所に向き直り、アルマが手を叩《たた》きながら声を張り上げる。

「はい、そんじゃ模擬戦終了《しゅうりょう》ーっ! 離れていた子たちも戻《もど》ってきなーっ! あと気絶してる子は水でもぶっかけて叩き起こしてやりなさーい」

招集の声を聞き、退避していた生徒たちが徐々《じょじょ》に集まってくる。

「そんなわけであんたらも魔法士として精進《しょうじん》を重ねていけば、あたしたちみたいな激しいドンパチもできるようになるから頑張《がんば》って魔法士になるのよー」

豪快な笑みで自分の胸を叩くアルマだったが、生徒たちは先ほど繰り広《ひろ》げられた魔法士の頂点を垣間見《かいまみ》たせいか、誰もが自信を失ったように暗い表情をしていた。

「あれが特級魔法士の戦いって……もうなんか次元が違《ちが》い過ぎる……」

「私、ちょっと入試の時の成績が良かったたって少し浮かれてたけど……なんか、魔法士になれるか自信無くなってきた……」

「あぁ……俺《おれ》たちなんて、少し魔法が使えるだけでしかなかったんだな……」

生徒たちの言葉を聞いて、アルマが子供のように口を尖《とが》らせる。

「なによー？　あんたらせっかく頑張ってこの学院に入ったんでしょ？　努力する前に諦《あきら》めるとか、なれるもんにもなれないわよ？」

「いえ、まぁ……確かにそうかもしれませんけど……」

「だって、あんたたちこれから一年間はあたしの教えを受けるのよ？　さっきみたいな戦いを見せた、このあたしから直々に教わるってことの意味を理解しなさいよ」

そう言って、アルマは戦斧を担ぎながらニカリと笑う。

「あんたたちは誰よりも強くなれる――そう思って、ちゃんとついてきなさい」

全てを圧倒《あっとう》する強者の笑み。

誰よりも先を歩き、その道を切り開いて導く強者の言葉。

その何よりも心強い笑顔《えがお》と、自信を与《あた》える言葉によって――

『――はいッ!!』

生徒たちは顔を上げ、その笑顔と言葉に応えるように声を張り上げた。

その様子を見て、アルマは満足そうに大きく頷《うなず》く。

「よし、良い返事ッ！　そんじゃ今から、あんたたちには魔法士にとって一番大事な基礎を固めるための訓練をやってもらうわッ!!」

アルマの言葉を聞いて、生徒たちが姿勢を正しながら次の言葉を待つ。

そして――


「――今から全員、ブッ倒れるまで走り続けなさいッ!!」

満面の笑みで、そんな無茶な訓練を言い渡してきた。

◆

終業時間となったことで、生徒たちは異空間から解放された。

「――ふはぁー……身体の疲《つか》れが取れますねぇー……」

広大な浴槽《よくそう》に身を沈《しず》め、ミリスが気の抜けるような声を上げる。

その言葉に同意するように、エルリアも小さく息を吐《つ》いた。

「うん……大きいお風呂《ふろ》だと、やっぱり気持ちいい」

「ですよねーっ！　部屋にあるお風呂も便利でいいんですけど、私は山の近くにある温泉に毎日浸《つ》かっていたので少し物足りなかったんですよ」

二人で寮内《りょうない》にある大浴場に浸かりながら、訓練で溜《た》まった疲れを癒《いや》す。

「その……お風呂、誘《さそ》ってくれてありがとう」

「いえいえ、こちらこそ浴場まで運んでいただきましたから……ッ」

笑顔を引きつらせながら、ミリスが小さく頭を下げる。

ほとんどの生徒が身動きの取れない状態だったため、教室にいた生徒たちはエルリアがまとめて寮《りょう》に運《はこ》び込むことになった。

本来なら転移魔法で寮に直接移動させればよかったが、転移といった空間に作用するものは第六界層以上となるため、全員を魔法で縛《しば》り上げて運ぶことになってしまった。

しかし、お風呂に誘ってもらえて嬉《うれ》しかったのも本心だ。

人見知りをする性分《しょうぶん》であったり、他人の視線が苦手だったりするエルリアにとって、一人で大浴場に行くというのは非常にハードルが高いことだ。

「それにしても……エルリア様とレイドさんはすごいですねー。あんな無茶なことさせられてピンピンしてるんですから……」

「あれくらいなら、わたしもレイドも慣れてるから大丈夫《だいじょうぶ》」

戦場なら三日三晩寝《ね》ないで動くこともあったし、休息ですら十分に取れないことも多々あった。それと比べたら大した疲労《ひろう》とはいえない。

むしろ肉体よりも、精神面の方が疲労したと言える。

「それにしても、エルリア様すごく惜《お》しかったですねー。途中《とちゅう》で止められちゃったので決着はつきませんでしたけど、本当だったら第十界層の魔法だって使えるんですよね？　それなら実質勝ちみたいなもんですよっ!!」

「ん……ありがと」

エルリアが落ち込んでいると思ったのか、ミリスが励《はげ》ますように拳《こぶし》を握《にぎ》ってみせる。

実際のところ、アルマとの模擬戦の件についてはあまり気にしていない。

それよりも――二人のことが気になって仕方がない。

なぜ、かつてレイドが使っていた口上を知っていたのか。

なぜ、滅《ほろ》びたはずのアルテインの軍旗を掲げているのか。

それらの話を聞くために、今頃《いまごろ》レイドはアルマのところに向かっているはずだが……胸の内がモヤモヤとするような感覚がして落ち着かない。

　そう考え込んでいると……ミリスがじーっと見つめていることに気づいた。

「……どうしたの？」

「いえ……改めて思ったんですが……こんなに可愛《かわい》くて髪《かみ》も綺麗《きれい》にサラツヤな上に、肌も透《す》き通るように白くてすべすべで胸もなかなかで……これ反則じゃないですかね？」

「む、胸はそこまで大きくないと思う……っ」

　ミリスに指摘《してき》され、エルリアは浴槽の中に深く身体を沈める。

「大きさなら……ミリスの方があると思う」

「いやいや大事なのは大きさではなく形ですからっ！　エルリア様は形も完璧《かんぺき》な上に、胸どころかお尻《しり》、太もも、背中、お腹《なか》っ！　どこを触《さわ》ってもすべすべぷにぷにで柔《やわ》らかそうなので全人類が最強無敵大喝采《だいかっさい》と声を揃《そろ》えること間違いなしですよっ⁉」

「声……っ！　声が大きいから抑《おさ》えて……っ‼」

　浴場内にミリスの声が響いたせいで、他の生徒たちも何事かと視線を向けていた。

　興奮するミリスを宥《なだ》めてから、エルリアは聞こえないように小さく溜息をつく。

「そういえばエルリア様って休日とか何をされて過ごされるんですか？」

「………休日？」

「ですです。休日は学院の外に出ることも許可されていますし、カルドウェン家ほどの方だと、どんな優雅《ゆうが》な過ごし方をされているのかなーと思いまして」

「休日は読書したり、お昼寝《ひるね》したりしてる」

「田舎《いなか》民の私よりのんびりスローライフを送ってらっしゃる……ッ⁉」

「あと、紅茶の飲み比べもする時がある」

「おおっ！　いいですねぇ！　私の地方だとお茶といったらタンポポみたいな感じなので、ぜひともセレブなティーについて教えてもらいたいですっ‼」

「タンポポのお茶も、嫌《きら》いじゃない」

「お飲みになったことあるんですかっ⁉　あれ土と根っこの味しかしませんよっ⁉」

「だけど、健康にはすごくいい。そういうのも好き」

「わかりますっ！　なんか微妙なんですけどクセになっちゃうんですよねーっ！」

エルリアの言葉に対して、ミリスはにぱりと人懐《ひとなつ》こい笑《え》みを向けてくる。

基本的に人付き合いは苦手だが、ミリスのように自分から話しかけてきたり、話題を振ってくれたり、今回のように誘ってくれるような人物は苦手ではない。

会話そのものが苦手というより、相手に合わせて話題を選ぶのが苦手というのが正しいかもしれない。だから自分でも話題が提供できる魔法関連なら饒舌《じょうぜつ》に話せるが、それ以外の話題だと言葉に詰《つ》まってしまう。

そういった意味で、エルリアにとってミリスはとても気が合う人物と言えた。

そしてエルリアのことを気遣《きづか》って話題を変えたり、先ほどのように明るい話題を振ってくれているのだから本当に良い子だ。

だからこそ、エルリアも別の話題を振ってみることにした。

「そういえば……ミリスに少し訊きたいことがあるの」

「はいはい、なんでしょうか？」

「ある人に贈《おく》り物《もの》をしたいんだけど……何がいいかなって」

「あ、レイドさんへのプレゼントですか？」

「ま、まだレイドとは言ってない……っ！」

「いや誰が見ても分かるくらいレイドさん大好きって感じのオーラを出してますし」

「そ、そんなの出してない……っ」

「……ああ、本人は無自覚なんですね」

エルリアの反応を見て、なにやらミリスが遠い目をしていた。

まだレイド本人に好意を伝えていないこともあるので、エルリアとしてはレイドのことを意識しすぎて赤面しないように努めていたつもりだった。

しかしミリスの反応を見る限り、周囲には丸分かりだったらしい。

「向こうは向こうでなんか気づいているような節はありますけど、なんか絶妙《ぜつみょう》にズレているといいますか、むしろお互いがズレた結果として上手《うま》くハマっている感じになって最終的にさっさと末永く幸せになれって感じになってるのが不思議ですよねぇ……」

「そ、それよりも今はプレゼントの話だからっ」

ぼんやりしているミリスの頬《ほお》をてちてちと叩いて話の流れを戻す。

「学院に入学したお祝いとして、何かプレゼントしてあげたいの」

「うーん……正直、私はお二人と会って日が浅いですし、あんまりアドバイスはできないと思うんですけども……？」

「そもそも、わたしは誰《だれ》かに贈り物を渡《わた》したこと自体がなくて……」

「あー、なるほど。それなら無難に相手が好きな物を渡すとかどうです？」

そう言われて、エルリアはレイドが好きそうな物を思《おも》い浮《う》かべる。

…………………。

…………………………。

「…………砥石《といし》とオイル？」

「うわ、なんかレイドさんが素直《すなお》に喜んでいる姿が思い浮かびました……」

「これは少しだけ自信がある」

「まぁ同じ田舎民としての感想ですけど、道具の手入れとか結構楽しかったりするので、レイドさん普通《ふつう》に喜びそうですねぇ……」

エルリアとしては武器や鎧《よろい》の手入れに使う物だったので挙げてみたが、それらの時代を知らないミリスの場合はそういった感想になるのだろう。

「ですけど、日頃《ひごろ》の感謝とかならともかく、何かの記念として渡すんだったら消耗品《しょうもうひん》じゃなくて形のある物の方が良いと思いますよ？」

「…………そうなの？」

「はい。その方が思い出として残りやすいですしね」

「なるほど」

ミリスの言葉を聞きながら、エルリアは素直にふんふんと頷く。

そして今度は形のあるもので、レイドが喜びそうな物を思い浮かべてみる。

…………………。

……………………………。

「…………思い浮かばなかった」

「まだ諦めるには早すぎるので絶望した表情を浮かべないでくださいっ!!」

そう励まされたが、何も思い浮かばなかった。

レイドと一緒《いっしょ》に過ごし始めてから日が浅いとはいえ、五十年以上の付き合いがあるのにまるで思いつかなかったので少しばかりショックだった。

しかも前世と合わせれば二百年近く生きてきたというのに、好きな人へのプレゼントすらまともに考えつかない自分が嫌《いや》になりそうだった。

「悲しみが深い……」

「ああっ！　ダメですエルリア様っ！　沈んでも何も解決しませんからっ!!」

ずぶずぶと沈んでいくエルリアを見て、ミリスが慌《あわ》てて浴槽から引き上げる。

そんなエルリアの様子を見て、ミリスは深々と溜息をつく。

「まぁレイドさんは達観してるというか、なんか飄々《ひょうひょう》としている感じがあるので掴みにくいといいますか……確かにプレゼントを贈るってなると難しいかもですねー」

「…………うん」

「なんかこう、レイドさんが嬉しそうにしていた時とか思い返したらどうですかね？　それに付随《ふずい》して何か思いついたりするかもですけど」

「嬉しそうにしていた時のこと……」

必死に記憶《きおく》を辿《たど》ってみて、レイドが嬉しそうにしている場面を思い浮かべる。

…………。

…………………………。

あった。

「レイド……戦っている時がすごく嬉しそうなの」

「……え、それって戦闘狂《せんとうきょう》みたいな感じですか？」

「ううん、戦っている時のレイドはね、すごく楽しそうに笑いかけてくれるの」

思わず見惚《みと》れてしまう眩しい笑顔。

心の底から楽しんでいると伝わってくる笑顔。

ずっと昔から、エルリアが好きだった笑顔。

「だから──レイドがそんな風に笑ってくれるものをあげようかなって」

そう笑いながらエルリアが告げた直後──

「──かわいすぎかぁぁぁぁぁぁぁっっ!!」

ミリスが叫《さけ》びながらダイブしてきた。

「いやもうなんなんですかっ!?　そんな乙女《おとめ》な笑顔を見せられてしまったらかわいすぎて私はエルリア様を愛《め》でることしかできなくなってしまったんですけどぉーっ!?」

「え……ぁ、く、くすぐったい……っ！」

ミリスに頭を撫《な》でられながら頬ずりされ、必死に手をばちゃばちゃと動かす。

そしてようやく満足したのか、ミリスが眉《まゆ》を吊《つ》り上げながら拳を握った。

「よぉしっ！　なんか全力で応援《おうえん》したくなったので、何か私に協力できることがあればどんなことでも遠慮《えんりょ》なく言ってくださいねっ！」

「…………ほんと？」

「もちろんっ！　それはもう火の中だろうと水の中だろうとお供しましょうっ‼」

「…………いいの？」

「やっぱり私ができる範囲《はんい》でお願いしますっ‼」

ミリスはとても素直な子だった。

しかし、そう言ってもらえるだけでも嬉しいことだ。

「それじゃそろそろあがりましょうか。色々と話して長湯してしまいましたし、湯あたりして体調を崩したら目も当てられませんしね」

「うん」

短く答えてから、二人は浴槽を出て脱衣《だつい》所に向かった。

そして身支度《みじたく》をしていた時――

「そういえば、着替《きが》えた時にも少し気になっていたんですけど……」

「ん……どうかしたの？」

エルリアが水気を拭《ふ》き取って下着を身に着けていた時、ミリスがちらちらと視線を向けながら何か言いたそうにしていた。

心なしか、その顔がほんのりと赤くなっている気がする。

そして声を潜《ひそ》めながら、ミリスが耳元で囁《ささや》いてきた。

「……その下着って、どちらのご趣味《しゅみ》なんですか？」

「…………下着？」

「いえ……意外と大胆《だいたん》な下着を着けてるなーと思ったもので」

そう言われて、エルリアは改めて自身の下着を見てみる。

所々に花柄《はながら》のレースが施《ほどこ》された黒の下着。

しかし、エルリアは不思議そうに首を傾《かし》げる。

「……どこか変だった？」

「あ、いえ……似合ってはいるんですけど、大人しそうなエルリア様が着けていると少しだけ背徳的というか、同性としても少しばかり興奮してしまうと言いますか……っ！」

「ん……わたしはあんまり気にしないけど、入学前にお母さまが『カルドウェンの子女として相応しい下着を身に着けなさい』って言って新調してくれたから」

「わぁー……お母さまってば本人たち以上に先を見越《みこ》してるぅー……」

そんな感想を聞いて再び首を傾げると、ミリスがぽんと肩《かた》に手を置いてきた。

「エルリア様、今度の休日で普段使《ふだんづか》いする下着も買いに行きましょう」

「……下着なら他にもあるけど？」

「それはいざという時に取っておきましょう。いつかエルリア様の中で勝負の時が訪《おとず》れたと思った時、その下着を身に着けて臨《のぞ》んでください」

「う、うん……わかった……？」

いつになく真剣《しんけん》な表情のミリスに対して、エルリアは困惑《こんわく》しながら頷くしかなかった。

◇

学生寮《がくせいりょう》でエルリアと別れた後。

レイドは一人、教室の中で人を待っていた。

そして……がらりと扉《とびら》が音を立てたところで、ゆっくりと顔を上げる。

「いやー待たせてごめんね？　エリーゼの説教が長くて長くて……」

頭を掻《か》きながら、アルマが申し訳なさそうに笑みを向けてくる。

しかし、レイドは表情を変えない。

「それで、ここに来たってことは話す意思があるって見ていいんだよな」

教員に対してではなく、レイドは警戒すべき『敵』として接する。

既《すで》にレイドの故郷《ふるさと》であるアルテインは存在しない。

その存在は後世の歴史から消失してしまっている。

だというのに──アルマは自身の魔装具にその軍旗を掲げていた。

「もう一度訊《き》く、どうしてあんたはアルテインの軍旗を掲げてるんだ」

全く同じ言葉をアルマに向かって問いかける。

しかし、アルマは怪訝《けげん》そうな表情を浮かべていた。

「その口振《くちぶ》りからして……『アルテイン』ってのは国の名前ってことよね？」

「魔装具にそんなもん掲げといて、今さらシラを切るってのはやめてくれよ」

「あたしは正直に話しているわよ。むしろ……こっちとしては、あの布切れを見て『軍旗』って答えたことが気になってるんだけど」

レイドが警戒する様を見て、アルマはこれ見よがしに溜息をつく。

「今度はこっちの番。なんであんたはあの布を見て『軍旗』って答えたの？」

「そう聞いてくるってことは、あれが『軍旗』ってことは普通なら分からないのか」

「そういうこと。あんたの言う通り、あたしが魔装具に付けているのは『軍旗』で間違《まちが》いない。だけど……それを知っているのは、カノスの名を継《つ》いだ人間だけのはずよ」

今度はアルマがレイドに対して警戒を向ける。

「答えなさい――あんたは何者なの？」

アルマと睨み合う中、レイドは沈黙《ちんもく》を貫《つらぬ》きながら思考する。

アルマは『アルテイン』という言葉を聞いても反応がない。

だというのに、それが『軍旗』であることは知っている。

その状況《じょうきょう》は本来ならあり得ないことだ。

しかし、あり得ないことは既にこの身で経験している。

千年後の世界で、再び『賢者《けんじゃ》』と『英雄』が転生を果たす――

この違和感《いわかん》は、確実にレイドたちの転生に関連している。

だからこそ……レイドは大きく頷いた。

「悪いが、それについては答えられない」

「ふーん、そっちも今さらシラを切るってこと？」

「いいや、逆に言えばそれ以外については全部答えてやるよ。俺は自分のことについて明言しないが、俺の答えから正体を追求するのは自由だ」

「……なるほど、上手いこと考えたわね？」

こちらの意図を察したのか、アルマが口元に笑みを浮かべる。

質問……つまり情報の取捨選択《しゅしゃせんたく》はアルマに権利があり、言葉を絞《しぼ》って限られた人間しか知り得ないことを答えることができれば、レイドの正体について推測できる。

逆にレイドはアルマから一方的に情報を喋《しゃべ》らせることができ、自身の正体を明言せずとも辿り着くことができたのであれば……アルマは信用に値する人間となる。

「ほれ、好きに質問してくれ。今までこっちが訊いてばっかりだったからな」

「そうねぇ……それじゃ、あんたは空に輝《かがや》く『月』ってどう思う？」

「夜襲《やしゅう》の時以外は綺麗だって思うけどな。俺の感想でしかねぇけどよ」

「それで構わないわよ。次は……几帳面《きちょうめん》な人ってどう思う？」

「真面目で勤勉、融通《ゆうずう》は利《き》かないが悪い奴《やつ》じゃない。俺が部下に付けるなら、そういう奴の方が上手くいくと思うんでな」

「なるほどね、それじゃ次は――」

要領を得ず、互いに探《さぐ》り合いながら質疑応答を繰り返していく。

昼寝を叩き起こされた時の返事や海を見た時の反応といった当たり障りのないものや、規律を乱した者への対処や戦場において重視する点といった具体的なものまで、何度も質問を繰《く》り返していく。

そうしていく内に……アルマの表情に変化が生まれていった。

強張《こわば》っていた表情が和《やわ》らぎ、まるで思い出が詰まったアルバムをめくる時のように、穏《おだ》やかな笑みを浮かべながら言葉を紡《つむ》いでいく。

やがて――アルマはゆっくりと頷いた。

「それじゃ、次の質問で最後にしておくわ」

「なんだ、もう終わりでいいのか？」

「ええ。あんたは……いえ、あなたはきっと答えられるでしょうから」

その言葉を聞く前に、レイドには何を質問されるか予想がついていた。

アルマが今まで投げかけてきた問いは、ある人間しか知らないことだった。

付き合いとしては数年程度だが、その人間のことはレイドも覚えている。

その人物は戦場に向かう晩年のレイドに付いて、その傍《そば》で何気ない会話や雑談ですら聞き逃《のが》さないように真顔で耳を傾《かたむ》け、事あるごとに手記を付けていた几帳面な人間だった。

「――『私』の名前を覚えていますか、『閣下』」

その言葉に対して、レイドは笑みと共に言葉を返す。

「俺を将軍じゃなく『閣下』と呼んでいた奴なんて、たった一人しかいねぇよ」

アルテイン軍に所属し、『英雄《えいゆう》』専属の旗手としてレイドの傍《かたわ》らに在り続けた男。

そして『賢者』の死を共に悼《いた》み、別《わか》れ際《ぎわ》に涙《なみだ》を流した男。

「そうだろう――『ライアット』」

その姿をアルマに重ねながら、かつての部下の名前を呼ぶ。

それを聞いたことで、アルマは俯《うつむ》きながら静かに息を吐く。

「……あなたが、手記にあった『閣下』なのね」

金色の瞳に薄《うす》く涙を浮かべながら、アルマは静かに呟《つぶや》く。

「一応聞くが、お前はライアットの関係者か？」

「それはあたしの祖先の名前よ。カノス家に受け継がれてきた手記を残した張本人であり、『閣下』の旗手として傍に仕えていた人間のね」

ライアットは旗手としてだけでなく、平時はレイドの傍仕えをしていた。

老いたレイドに対して羨望《せんぼう》と尊敬の眼差《まなざ》しを向け、融通が利かないほど真面目で几帳面な人間であり、その日に交《か》わした些細《ささい》な会話ですら手記に残していた。

「ハッ……千年後まで手記を残してるとか、本当に几帳面な奴だよ」

「それほどまでに、あたしの祖先は『閣下』のことを慕《した》っていたんでしょうね」

千年という時は決して短いものではない。

それでもライアットは子々孫々に手記を伝え続けた。

自信が傍で眺《なが》めてきた、敬愛する『英雄』の姿を残してきた。

「約束通り、あたしはあなた自身について詳《くわ》しく聞くことはしないわ。なんで千年前の人間がこうして生きているのか、とかね？」

「そうしてくれ。ぶっちゃけ俺も分からねぇし、それを知るためにあんたと話したんだ」

「……なるほどね。そういう事情なら、こっちも知っている限りのことは話すわよ。そうでないと御先祖様《ごせんぞ》に怒《おこ》られそうだし」

「おう、あいつは怒ったら本当に怖《こわ》かったからな」

互いに苦笑を浮かべてから、レイドは表情を改める。

「それでもう一度訊くが、お前は『アルテイン』については知らないんだな？」

「ええ。そんな国の名前は知らないし、軍旗については手記と一緒に伝えられてきたものであって、手記にもその名前が出てきたことは一度もなかったわ」

それはあり得ないことではない。

ライアットはレイドのことを敬愛していたが、賢者の死後に進軍を決めた国の決断に対して失望するように涙を流していた。

それならば、意図的に『アルテイン』という国の名を抹消《まっしょう》した可能性はある。

だが――アルテインだけでなく、もう一つの言葉も出てこなかった。

「お前は『英雄』と『レイド・フリーデン』って名前に聞き覚えはあるか?」

「一応あるわよ。あたしは魔法《まほう》研究の都合で考古学とか魔法歴史学についても調べてるし、その過程でエルフの口伝とか伝承についても調べたことがあるもの」

「だけど、手記には一切《いっさい》出てこなかったと」

「そうね。何かしら関連はあるんじゃないかって個人的には考えていたけど……」

レイドのことを語る上で欠かせないのが、『英雄』という称号《しょうごう》だ。

ライアットは常日頃《つねひごろ》からレイドのことを『閣下』と呼んでいたが、時折『英雄』という称号を使っていたことも記憶には残っている。

手記に対して、その言葉を一度すら使わないということはあり得ない。

つまり――

「――何者かが『英雄』の存在を意図的に消したってことだ」

その言葉に対して、アルマは僅《わず》かに眉根《まゆね》を寄せる。

「だけど……これは個人の手記よ？　公的な記録ならともかく、個人が記したものまで消すことはできないし、手記を改竄《かいざん》したなら痕跡《こんせき》だって残りそうじゃない？」

「常識的に考えたらあり得ねぇよ。だが……常識で考えるには、あり得ないことが起こり過ぎているってのが現状だ」

それはアルテインという国についても同様だ。

英雄を失ったアルテインが敗戦し、歴史の中から名前を消したのは理解できる。

だからこそレイドも深くは気にしていなかった。

だが……エルリアと再会したことで、その疑念が再び浮かんできた。

仮にもアルテインは大陸の半分を領地としていた大国であり、その大国を下して大陸を統一したのであればヴェガルタ側の歴史に残っていても不思議ではない。

それを確かめるためにカルドウェンの邸宅《ていたく》で複数の歴史書を読み漁《あさ》ってみたが……それら全ての書物からアルテインの名が消えていたことから疑念は確信に変わった。

「それにエルフたちの間では『英雄』の存在と俺の名前が伝わっているってのも不可解だ。情報を抹消するなら全部まとめて消しそうなもんだろ」

「……それなら、エルフたちの場合は口伝だったのが理由なんじゃないかしら？」

顎《あご》に手を添《そ》えながらアルマが考察する。

「エルフたちは不老長命だからこそ、門外不出の情報や技術を媒体《ばいたい》として残さずに口伝で受け継いできた歴史があるのよ。『賢者』と『英雄』の話は書物として残っているけど、それらは口伝の御伽話《おとぎばなし》を基にしているって聞いたことがあるわ」

「……なるほどな。それならエルフの間だけで残ったのも理解だ」

エルフは人間の三倍近い寿命《じゅみょう》を持っており、三百年近く生きるのが普通だ。

隠蔽《いんぺい》された方法が書物や記述に関する事柄《ことがら》だけであり、当時の『記憶』まで消せるものではないと仮定すればエルフの間だけで伝わったことにも納得《なっとく》できる。

「種族間の壁《かべ》が数十年で消えるとは思えないし、当時の奴らが口伝にするほど重要な情報だって考えたなら人間に対して軽率《けいそつ》に伝えることもない。その間に当時の奴らがいなくなって、口伝が御伽話の形として流布《るふ》したってのが有力か」

「その頃《ころ》には賢者の存在が国の根幹にもあったでしょうし、賢者と対等に並んだ存在がいたなんて事実や伝承があっても、国としては都合が悪いから取り立てないでしょうね」

だからこそ、『英雄』とアルティンは存在ごと葬《ほうむ》られた。

そして――レイドたちの死後に『何か』が起こったということだ。

しかし、現状では推測するための情報が足りない。

「まぁいい。他にも何か気づいたりしたことがあったら教えてくれ。歴史関連を研究していたなら、俺よりも確実にお前の方が詳しいだろうしな」

「そりゃ構わないけど……もう普通に『お前』って呼んでたり、特級魔法士を顎で使おうとしているあたり良い根性《こんじょう》してるわね……」

「いいじゃねぇか。俺はお前の祖先が敬愛した『閣下』なんだからよ」

「これは答えなくていいんだけど、もしかしてエルリアちゃんもそうなの？」

「お前の想像に任せる」

「うわぁー……あたし本物の『賢者』に喧嘩《けんか》売ったの？　学院を卒業したら再戦するって言っちゃったけど、本気出されたら消し炭にされないわよね？」

　エルリアの正体にも気づいたのか、アルマが青い顔をしながら天を仰《あお》いでいた。

　生意気な生徒にお灸《きゅう》を据《す》えようと思ったら、戦った相手が魔法を作った賢者本人だったとは誰にも想像できないことだろう。

「ま、その時は腹を括《くく》ってボコられることだな」

「そこはかわいい部下の子孫を助けなさいよ」

「俺は特級魔法士の『先生』と違って魔法も使えない無能なもんでな」

「ハハハ……『生徒』のくせにクソ生意気ねぇ……ッ！」

　半眼を向けるアルマの言葉を無視して、レイドは静かに席を立つ。

「話は終わりだ。何かあった時は頼《たよ》りにさせてもらうぞ」

そう告げたレイドに対して、アルマも席を立つ。

「ええ――お任せくださいな、フリーデン閣下」

かつての部下と同じように敬礼しながら、アルマはにかりと歯を見せた。

四章

アルマの正体や交わした会話について、レイドは包《つつ》み隠《かく》さずエルリアに伝えた。

そしてふんふんと頷きながら、エルリアは「なるほど」と短く答えていた。

多少なり驚《おどろ》くかと思っていたが、考えてみればエルリアも自分の弟子《でし》がカルドウェンの名を継いで後世に名を残したので、似たようなものだと考えたのだろう。

そして不可解な点についても「過去に起こった出来事を推測するには情報が足りない」という結論に達したようで、現状を維持《いじ》しつつ情報収集をすることになった。

なにせ、今のレイドたちには学院生という身分がある。

調査しようにも限界があるし、それならば特級魔法士という立場を持っているアルマに任せておいた方が無難だろう。

そうして、レイドたちは平穏《へいおん》な学院生活を過ごしていた。

ウィゼルとミリスの二人は与《あた》えられた課題に対して毎日「明日も無事で過ごしたい」と口にしていたが、初日と比べればだいぶ余裕《よゆう》が出てきたように思える。

そして明後日に試験を控《ひか》えたところで——

「——皆《みな》さん、休日って何か予定ありますか？」

寮の食堂で食事を終えた後、ミリスがそんな話を切り出した。

「オレは実家に帰って魔装具《まそうぐ》の調整を行う予定だ。なにせ数が多いのでな」

「ああ、そのあたりウィゼルさんは大変そうですもんね……」

この一ヵ月近くで、各々《おのおの》の得意分野については大体把握《はあく》している。

ウィゼルは魔法自体に突出《とっしゅつ》した点こそないものの、複数の魔装具を使い分けることで状況に応じた動きを可能としており、戦闘《せんとう》そのものではなく補助に特化している。

「ということで、オレは休日を完全に潰《つぶ》して試験に臨むつもりだ」

「えぇー……せっかくの休日だから四人でお出掛《でか》けしようと思ってたのに……」

「元々試験前の休みは魔装具の調整や休養のために設けているって説明されただろ。それなの遊びに行くとかお前くらいだぞ」

明後日には個人評価を決定する『条件試験』が行われる。

それは生徒たちが万全《ばんぜん》の状態で試験に臨めるようにするだけでなく、学院側が試験の準備を進めるため、試験前日は何もない休日としているとのことだった。

「お前も魔力《まりょく》操作についてはエルリアに褒《ほ》められてたけど、戦闘技術については頑張《がんば》れって言われてただろうが。おとなしく自主練習でもしておけ」

「でも……でも、毎日あのアルマ先生の無茶《むちゃ》な訓練を受けているんですよっ⁉　しかも田舎民の憧《あこが》れである王都が間近にあるんですよっ⁉　日頃から頑張っている自分へのご褒美《ほうび》として少し遊ぶくらいいいじゃないですかあああああああっ‼」

しかしミリスは諦《あきら》めきれないのか、唇《くちびる》を尖《とが》らせながらテーブルに突《つ》っ伏《ぷ》す。

「気持ちは分かるが諦めろ」

「レイドさんは鬼《おに》ですかっ⁉　女の子はそういった自分へのご褒美がないと生きていけない人種なんですよっ‼　エルリア様もそうですよねっ⁉」

頬を膨《ふく》らませながら、ミリスがエルリアに向かって話を振《ふ》るが――

「…………………」

エルリアからの返事はなかった。

それどころか、首をこくりこくりと揺《ゆ》らしている。

「あら……ずいぶんとお疲《つか》れみたいですね」

「最近この調子でな。なんか魔法の研究をしているみたいなんだが、夜遅《よるおそ》くまで起きてるから俺《おれ》が先に寝ることもあるし、起きるのも遅《おそ》いから大変でな」

「そういえば、初日のようにギリギリで教室へ来ることも多かったな」

実際、朝のレイドは大忙《おおいそが》しだった。

例の『ぽけぽけ』状態になったエルリアを宥めて風呂《ふろ》に入れ、目隠《めかく》しをした状態で着替《きが》えなどを手伝ってやり、時には途中《とちゅう》まで背負っていくこともあった。

「エルリアなら試験勉強ってことはないだろうし、アルマの訓練でここまで疲労《ひろう》するってこともないだろうし……少し心配になってくるな」

「あー……た、たぶん大丈夫《だいじょうぶ》ですよっ！　エルリア様は学院中が注目している方ですし、それに相応《ふさわ》しいような結果を残そうとして努力しているだけかもしれませんっ！」

「……お前、なんか知ってるのか？」

レイドが半眼を向けると、ミリスがびくりと身体を跳《は》ねさせて額から汗《あせ》を流し始める。

ここ最近は二人で大浴場に行くのが日課となっていたし、「ミリスに魔法を教えてくる」と言って部屋に寄って行くこともあった。

エルリアにとっては同性の親しい友人であり、男であるレイドには聞かれてたくない会話などもあるだろうと考えて何も言わずにいたが……その様子を見ると違《ちが》うらしい。

「そ、それよりもレイドさんはどうなんですかっ！　今やエルリア様と同じくらい注目を浴びているんですから、下手なことはできませんよっ⁉」

旗色が悪いと感じたのか、ミリスが明らかに話題を逸《そ》らしてくる。

しかし、レイド自身が他者から注目を集めているのも事実だ。

誰もが知る特級魔法士のアルマが担当教員になったことだけでなく、さらにはエルリアが特級魔法士と同等に渡り合ったという事実に加え、そのアルマが放った第十界層の魔法をレイドは素手《すで》で受け止めて薙《な》ぎ倒《たお》した。

その話題が生徒たちの間で広まるのは一瞬《いっしゅん》だった。

そういった経緯《けいい》もあってか、レイドの話についても徐々《じょじょ》に広まりつつある。

「それに最近はアルマ先生とも仲良く話してますよね？」

「そういえば『閣下』と呼ばれていた時もあったが、あれはなんだったんだ」

「あー……あだ名みたいなもんだ。アルマ先生は俺の知り合いの孫で、その人が俺のことを『閣下』って呼んでいたことを知ってたもんでな」

「……いや、どういう経緯で閣下とかいうあだ名が付くんですか？」

「老人のチェス相手をして勝ちまくってたとか、まぁそんなところだ」。

あの一件以降もアルマとは何度か放課後に情報交換《こうかん》をしていたのだが……アルマは会話をする際にはレイドのことを『閣下』と呼ぶようになり、それが癖《くせ》になったのか廊下《ろうか》ですれ違った時にも「お、閣下じゃん。おはよー」と普通に挨拶《あいさつ》をしてきた時があった。

その時も適当に誤魔化《ごまか》し、本人にも注意するように言ったが、「適当にあだ名とか言っておきなさいよ」とけらけら笑っていた。ライアットの子孫とは思えない適当さだ。

「ま、俺の場合は試験の内容次第《しだい》ってところだな。魔法が使えない俺にはどうしようもない内容って可能性もあるし、当日になってみないとわかんねぇよ」

「確かに魔法が使えないのは大きなハンデだが、それ以上にレイドの力は常識外のものではあるからな。それが上手く運べば問題ないだろう」

「ですねっ！　少なくともアルマ先生の魔法を止める強さはあるわけですからっ‼」

そう二人に鼓舞《こぶ》され、レイドが苦笑《くしょう》を浮かべていた時――

「――チッ……ギャーギャーとやかましい下民だ」

そんな聞こえよがしな言葉が浴びせられた。

声がした方向に顔を向けると、そこにはファレグの姿があった。

その表情は他の生徒たちと比べて疲労の色が少ないものの、明らかに不機嫌《ふきげん》だった。

「ただでさえ、周囲が不快な下民を持ち上げて苛立《いらだ》っているというのに……食事の場であることを忘れて騒《さわ》ぎ立てる人間にも煩《わずら》わされるとは最低な場所だ」

「あっ……す、すみません」

さすがに騒ぎ過ぎたと思ったのか、ミリスが素直に頭を下げる。

しかし、ファレグはその姿を見て鼻で笑った。

「ハッ……下民は謝罪の仕方すらも弁《わきま》えていないのか？　上の立場にある人間に対して頭を下げる時は、平伏《へいふく》して額を地面に擦《す》りつけるものだ」

「……私が騒いでいたことは謝《あやま》ります。ですが、そこまで言われる筋合いはないです」

ファレグの言葉が腹に据えかねたのか、ミリスが眉を吊り上げながら言葉を返す。

「……なんだ、それはまさか僕《ぼく》に向かって言っているのか？」

反抗《はんこう》したミリスを見て、ファレグは嗜虐《しぎやく》的な笑《え》みを浮かべた。

「お前と僕との違いは立場だけじゃない。賢者が生み出した偉大《いだい》な魔法を扱《あつか》うに相応しい、その才覚すらも違うんだよッ!!」

そして――腰《こし》から魔装具を抜《ぬ》き放った。

ファレグの手の中で展開される小剣《しようけん》。

驚愕《きようがく》するミリスを見て、ファレグは口を裂《さ》かんばかりに笑った。

「下民風情《ふぜい》が――僕に対して歯向かうんじゃないッッ!!」

小剣の先から眩《まばゆ》い光が生まれ、赤々とした炎《ほのお》が生み出される。

その炎が、立ち尽《つ》くすミリスの眼前で弾《はじ》けようとした時――

咄嗟《とつさ》に伸《の》ばされた左腕《ひだりうで》によって、炎が握《にぎ》り潰された。

振り返ることなく、レイドは軽く手を振ってから口を開く。

「おい、ファレグの坊主《ぼうず》」

「ぼッ……!? 誇《ほこ》り高きヴェルミナン家の僕に向かって――」

「坊主を坊主と呼んで何が悪い」

首だけを動かし、ファレグに向けて鋭《するど》い眼光を向ける。

「お前、自分がやったことを理解しているか？」

「ハッ……そんなもの、下民に対して教育をしようとしただけで――」

ファレグの言葉は、それ以上続かなかった。

続けることができなかった。

「分からねぇなら教えてやるよ」

立ち上がったレイドに頭を掴《つか》み上げられ、ファレグが短く悲鳴を上げる。

「魔法ってのは今までに多くの人間の命を奪《うば》ってきた代物《しろもの》だ。それを他人に向けて使ったってことは――自分が殺される覚悟《かくご》くらいは持ってるんだろうな」

レイドの眼光と威圧《いあつ》感に呑《の》まれ、ファレグが完全に言葉を失う。

「お前は『賢者が生み出した偉大な魔法』って言ったな。その『賢者』はお前と違って遊び半分で魔法を使うこともなければ、自分の命と人生の全てを懸《か》けて魔法を作り上げたんだ。ガキがオモチャのように振るっていいもんじゃねぇんだよ」

ギリギリと頭を締《し》め上げると、ファレグの口から苦悶《くもん》に満ちた声が漏《も》れる。

「自分のことを語るなら、家の威光《いこう》じゃなく自分の行動と功績を語れ。気に食わないことに対して不貞腐《ふてくさ》れて文句を垂れるんじゃなくて他人に誇れる姿を見せてみろ。それができないってんなら――身《み》の程《ほど》を弁えるのはお前の方だ」

そう言い捨て、掴んでいたファレグをその場に放り捨てる。

「く、ぁ……クソッ、この馬鹿力の原人が……ッ‼」

「下民の次は原人かよ。まぁ……聞き分けのない奴には罰《ばっ》でも与えておくか」

軽く息を吐《つ》いてから、レイドは床《ゆか》に転がっている小剣に手を伸ばし――

バギンッ、とファレグの魔装具をへし折った。

「僕の魔装具があああああああああああああああッッ⁉」

「ほれ、これでチャラにしてやるから失《う》せろ」

小剣の切っ先を放り捨てると、ファレグは肩を震《ふる》わせながら膝《ひざ》を折る。

「僕の魔装具が……父上から賜《たまわ》った大切な魔装具が……っ‼」

「ファレグ様ッ！　お気を強く持ってくださいッ‼」

「とりあえずテープか何かでくっつければ御当主様《ごとうしゅ》にはバレませんからッ‼」

様子を見ていた取り巻きの二人が、消沈《しょうちん》したファレグを引きずって食堂を出ていく。

その様子を見届けてから、レイドは再び席に戻《もど》った。

「ミリス、怪我《けが》とかしてないか？」

「あ、はい……ありがとうございます……」

呆然《ぼうぜん》とした様子で、ミリスはこくこくと頷《うなず》く。

しかし、不意にハッと顔を上げた。

「いや何カッコイイことしてるんですかっ！　そういうのはエルリア様が見ているところでやらないとダメでしょうっ⁉」

「突然《とつぜん》意味わからんキレ方をするんじゃねぇよ」

「というか、今の騒ぎの中でエルリア嬢《じょう》は起きなかったのか」

ウィゼルの言葉を聞いて顔を向けると、エルリアは目を瞑《つぶ》って身体を揺らしていた。

「ほらほら、エルリア様？　ここで寝《ね》ちゃダメですよ」

「んー……？」

身体を揺すられ、エルリアが薄く目を開ける。

そして、目元をこしこしと擦ってから立ち上がり――

ぽすん、とレイドの膝の上に腰掛《こしか》けた。

そしてもぞもぞと自分の位置を軽く直し、ぽふぽふとレイドの身体を叩《たた》く。

「………………ん」

そして、何事もなかったようにエルリアは寝息《ねいき》を立て始めた。

「……おい、寝場所《ねばしょ》を変えただけで終わったぞ」

「え、なんですかこれ。このかわいい生き物やばくないですか？」

「エルリア嬢の帰巣《きそう》本能には、『レイド』が自分の戻る場所と登録されているようだな」

レイドに身体を預け、すやすやと寝息を立てるエルリアを見て各々が感想を漏らす。

「おい起きろ、エルリア。寝るなら部屋に戻ってからにしろ」

そうして再び身体を揺すると――

「………………や」

身体をよじらせ、レイドの胸に顔を埋《うず》めながら頭を押《お》し付けてきた。

………………。

………………………………。

「おいおいおい待てッ！　うたた寝でもぽけることがあるのかッ⁉」

「レイドさん、『ぽける』とか意味不明なこと言ってどうしたんですか？」

「いや改めて説明しろって言われると俺も難しいんだけどな……ッ!!」

しかしこの反応を見る限り、明らかに今のエルリアは『ぽけぽけ』状態だ。

「簡単に言えば酷《ひど》く寝ぼけてる状態ってやつだ」

「へぇー……エルリア様って寝ぼけると普段《ふだん》以上に幼くなるんですね」

ぽやんとしているエルリアを見て、ミリスが頬《ほお》をつんつんと突《つつ》く。

その様子を見て、ウィゼルが興味深そうに顎を撫《な》でる。

「ふむ。深い睡眠《すいみん》の後に不完全な覚醒《かくせい》をすれば意識が判然としないことはあるだろうが、浅い眠《ねむ》りでも出るとは珍《めずら》しいものだな」

「お前は妙《みょう》に冷静だな……」

「お前たちと一緒《いっしょ》に過ごしてきて大概《たいがい》のことには驚かなくなったのでな。それよりもこのまま食堂にいると人目につくことになるぞ」

そうウィゼルに指摘《してき》されると、先ほど起こした騒ぎもあってか、食堂にいる生徒たちが何事かと視線を向けているのに気づく。

エルリアが『ぽけぽけ』になっている時の行動を考えたら、確かに人目があるところに留《とど》まり続けるのは良くない。

「悪いけど、俺たちは先に部屋に戻る。片付けとか頼《たの》めるか?」

「承知した。オレとミリス嬢でやっておこう」

「はいはーい。それじゃ明後日にまた会いましょうねー」

エルリアの身体を背負い、生徒たちの注目を浴びながら食堂を後にする。

その間、エルリアは首元にぎゅっと抱《だ》きつきながら頭を押し付けていた。

「まったく、何してるか知らんが無理だけはするんじゃねぇぞ」

「だって……レイドに、よろこんでもらいたいから……」

「…………俺？」

「うん……昔みたいに笑ってもらえるように、頑張って作って――」

そこで、不意にエルリアの言葉が途《と》絶《だ》えた。

どうかしたのかと思って、レイドが振り返ると――

そこには、エルリアの真っ赤になった顔があった。

「え……わたし……なんで、レイドにおんぶ……っ⁉」

口をわなわなと動かしながら、エルリアが自分の状況を言葉にして確認《かくにん》する。

うたた寝だったせいか、『ぽけぽけ』状態も短く済んだらしい。

真っ赤になった顔を両手で覆《おお》いながら、エルリアはぱたぱたと足を振る。

「お、お……おりりゅっ！」

「その状態で暴れるんじゃねぇよ。舌噛《か》むぞ」

「で、でもっ……わたし重いから……っ！」

「重いどころか軽すぎて心配になるくらいだけどな」

「え……ぅ……でも……っ」

「いいから部屋まではおとなしくしておけ」

「…………はい」

消え入りそうな返事と共に、エルリアが背中で縮こまる気配がした。

そうして再び歩き始めた時、再び背中越《ご》しに声を掛《か》けられる。

「……だけど、もう少しだけ無茶しちゃうかも」

「おう、ほどほどにな」

「……理由、聞かないの？」

「ミリスの方は事情を知っているみたいだし、俺に隠して危ない橋を渡《わた》ろうとかって性分《しょうぶん》でもないだろうしな。それなら言わない理由があるって考えるもんだろ」

「……そうやって、察しが良すぎるのもよくない」

不満そうな声と共に、エルリアがぽかりと軽く背中を叩いてくる。一応気遣《きづか》って訊かなかったというのに理不尽《りふじん》だ。

「まぁ何かあっても俺がいるから安心しろ。好きなようにやればいいさ」

「うん……ありがと」

背中に顔を埋めながら、力の抜けた声で呟く。

「今は……レイドが一緒だから、すごく安心」

そう答えた直後、再び背中から静かな寝息が聞こえてきた。

◇

ヴェガルタ王立魔法学院には二つの試験がある。

魔法士としての実力と技術を見極《みきわ》め、魔法という強大な力を以《も》って人々の平和を守り、魔法という技術を後世に担《にな》っていく人間として相応しいか、厳正かつ公正に評価を下さなくてはならない。

そんな試験の一つ――

「――そんじゃ、これからもう一度『条件試験』についての説明をするわ」

アルマが厳格な声音《こわね》で生徒たちに告げる。

違うのは声だけではない。

レイドたちが集まっているのは見慣れた学院の教室ではなく、そびえ立つ山脈が見える広大な森林の入り口だった。

「事前に説明した通り、あんたたちはこれから魔獣《まじゅう》たちが生息する『危険指定区域』に立ち入ることになる。少なからず命の危険があることを再認識《さいにんしき》しておきなさい」

魔獣とは、普通《ふつう》の獣《けもの》とは異なる進化を遂《と》げた存在だ。

自然の中から生じた魔力の影響《えいきょう》を受けて突然変異を起こし、通常よりも巨大《きょだい》な体躯《たいく》へと成長した個体……というのがレイドの認識《にんしき》だった。

しかし千年の時を経たことで、魔獣たちの生態にも変化が生じていた。

魔獣が他の獣と交わることで子が魔獣として生まれるようになり、魔獣の数と種類は以前と比べて格段に増えており、徐々に生息域を拡大させていた。

そのため、魔獣が生まれやすい自然魔力の多い土地は『危険指定区域』として定められ、魔法士以外の人間は立ち入ることが禁じられている。

そして魔獣が出没《しゅつぼつ》する恐《おそ》れのある地域には魔法士が駐屯《ちゅうとん》しており、『危険指定区域』の周辺を巡回《じゅんかい》して人間の生息圏《せいそくけん》に出没した魔獣の討伐《とうばつ》を行い、定期的に立ち入って過度に繁殖《はんしょく》した魔獣たちの数を減らしていた。

「今回の演習は『危険指定区域』の中では最低のEランク。出没する魔獣の全ては小中型に限られていて、前日の視察で見かけた中型魔獣は事前にあたしたち学院側の人間で討伐しているわ。よほどのことがなければ大きな危険はないでしょうね」

だけど、とアルマは言葉を続ける。

「それでも油断と慢心《まんしん》によって怪我《けが》が生まれ、怪我によって危険な状況《じょうきょう》に陥《おちい》り、そして死に至ることは否定できない……そのことだけは決して忘れないように」

アルマの言葉に対して、生徒たちが表情を引き締めながら頷く。

その様子を眺めてから、アルマは説明を再開した。

「それでは今回の『条件試験』の内容よ。今回想定している内容は『危険指定区域に誤って入り込《こ》んだ一般人《いっぱんじん》の救出』という形になってるわ」

そう言って、エリーゼは虚空《こくう》から人形を取り出した。

「区域内には複数のダミー人形が置かれていて、これらを発見、回収、運搬《うんぱん》を行い、そして制限時間内に集合場所である入り口にまで戻ってくれれば試験は終了《しゅうりょう》。当然ながら回収した人形が多いほど評価は高くなるわよ」

そう説明していた時、生徒の一人が手を挙げた。

「質問です。『条件試験』は個人評価に繋《つな》がると以前に説明を受けましたが……評価を優先する場合、個人行動を取るべきなのでしょうか？」

「あたしからは『一概《いちがい》に言えない』とだけ言っておこうかしらね。確かに一人で全てをこなせば高い評価に繋がるけど、この試験で一番大事なのは目標の達成……つまり救出を確実に成功させることよ。それは一人よりも複数人の方が格段に成功させやすいわね」

つまり一人で成功させた場合には高い評価に繋がるが、失敗した場合は一切評価を受けることができないということだ。

「はい、これであたしからの説明は終わり！　出発は三十分後、それまでは各自で魔装具の準備、必要なら打ち合わせなどを行っておくように」

アルマが手を打った瞬間《しゅんかん》、生徒たちは各々のグループに分かれていく。

そして、レイドたちも同様に集まっていた。

「さてと……それじゃ俺たちもどうするか決めるか」

「その件についてだが……オレたちは間違《まちが》いなく足手まといになる。個人評価に繋がることを考えれば、レイドとエルリア嬢については単独の方がいいのではないか」

「ですよねぇ……アルマ先生の訓練のおかげで多少マシになったとはいえ、二人とは実力差がありますから、私とウィゼルさんで組むのが一番かなって」

そう二人が進言するものの、レイドは首を振って否定する。

「いや、エルリアはともかく俺はお前ら二人が必要になる」

「……必要になる、とは引っ掛かる言い方だな」

「この試験の目的は『救助』で、救助対象はその場から『動かない人形』だ。そこも踏《ふ》まえた上で、お前らは救助が必要な人間ってのはどんな奴《やつ》らだと考える？」

「動かないってことは……怯《おび》えている人とかですかね？」

「いや……怪我をしていて動けないということか」

ウィゼルの言葉に対して、レイドは鷹揚《おうよう》に頷く。

「どっちも正解だ。怯えた人間を宥《なだ》める、怪我人《けがにん》の治療《ちりょう》を行う、それを行った上で運搬を行う……それらを一人で遂行《すいこう》するってのは難しい。特に俺は魔法が使えないから、人形に治癒《ちゆ》魔法《まほう》を施《ほどこ》す仕掛《しか》けがあれば達成できない。お前らが必要ってのはそういうことだ」

「ふむ……確かにあのダミー人形は魔具の一種だった。それならば何かしらの機構が組《く》み込まれている可能性は高い」

「つまり治癒魔法を掛けないと運び出せなかったり、複数人で見つけないと反応しない人形だったりする可能性があるってことですか？」

「おう。だから俺は魔獣の対処、ウィゼルは複数の魔装具を使った運搬、ミリスは人形に仕掛けられた機構の解除って形が理想だろうな」

この考えについて、レイドは半ば確信すらあった。

アルマが言外に複数人による行動を推奨《すいしょう》していたこと、発見と回収だけでなく『運搬』という言葉を付け加えたこと、それらは目標の達成が重要であることを告げている。

そして『条件試験』が実際の状況を想定していると考えるならば、まず間違いなく実際に起こり得る状況を再現していると見ていい。

評価を優先するあまり単独行動を取れば失敗する可能性が高い試験だが、そこを失念しなければ確実に評価を得ることができる。

そんな、初めての試験に相応しい内容とも言えるだろう。

「でも、それならエルリア様も一緒の方がいいんじゃないですか？」

「ん……わたしは一人じゃないとダメって、先生が言ってた」

「へ？　そうなんですか？」

「うん。わたしが他の人と一緒に行動すると、その人たちの評価も難しくなっちゃうから、試験はなるべく単独で受けて欲《ほ》しいって学園長に言われた」

「ああ、それは確かにそうですよねぇ……」

これまでエルリアの魔法を間近に見てきたせいか、ミリスが納得したように頷く。

エルリアは学院長から第五界層までの魔法を使用するように制限が施されているとはいえ、それらの威力《いりょく》、速度、範囲《はんい》など、魔法《まほう》としての質は並の魔法士を凌駕《りょうが》するものだ。

そうなると複数人で試験を受けた場合、その結果がチームによって得た功績と言えるのか、それともエルリアの実力によって得たものであるのか判断が難しくなるのだろう。

「だけど、レイドの提案はわたしも正しいと思う。ただ人形を運ぶだけなら、別に試験にするほどの内容じゃないから、何かしらの工夫《くふう》は施されてる」

「そこらへんを考慮《こうりょ》するのも、下手したら試験の一環《いっかん》ってこともあり得るしな」

「……二人とも、よくこの短時間でそこまで考えが回ったな」

「私とか普通に人形を回収するんだなーくらいにしか思ってなかったんですけど……」

「「なんとなくそんな感じだろうなと思った」」

ウィゼルとミリスの言葉に対して、二人はしれっと声を揃《そろ》えて答える。

なにせレイドたちは戦場で怪我人の救助であったり、敵地に取り残された味方の救出だったりを何度も行ってきている。その経験はこの場にいる誰《だれ》よりも豊富だ。

そうして、レイドたちが方針を決めていた時――

「――ハッ！　お前たちは何も理解していないようだなッ!!」

そんな威勢《いせい》の良い声が背後から聞こえてきた。

振り返ると……そこには不敵な笑みを浮《う》かべているファレグの姿があった。

「なんだ坊主、今日は元気だな」

「坊主と言うなッ!!　僕とお前はそんなに年齢《ねんれい》が変わらないだろうッ!?」

そうレイドが言葉を返した瞬間、ファレグが面白《おもしろ》いように食《く》って掛かってくる。先日の一件があったせいか、すっかりと坊主呼びが定着してしまった。

「それで、お前は何か別の考えがあるのか？」

「フッ……当然だろう。僕はこの試験は救出だけでなく、他の目標があると考えている」

「………他の目標？」

「そうだ。アルマ教員は先ほどの説明で、中型魔獣はいないと言っていたが……大型の魔獣がいないとは一言も言っていないッ!!」

そんな的外れな考えを、ファレグは声高々に語った。

「おそらく、区域内には一体だけ大型魔獣がいるはずだッ！　それを討伐した者に対して、多大な評価が得られると――」

「いやあり得ねぇだろ」

「まだ僕が話しているだろうッ!?」

「魔法士にもなってない見習いが大型魔獣を相手にするとか、怪我どころか死ぬ可能性の方が高いに決まってるだろ。そんなもんを学院が用意してきたら問題だろうが」

「そう思いたければ思うがいい。僕には大型魔獣であろうと討伐できる力があるッ!!」

意気揚々《いきようよう》とファレグは自身の魔装具を掲《かか》げる。どうやら修理に出していた魔装具が直ったので、今日は威勢が良いということらしい。

「魔装具が戻った今、僕が最大の力を振るうことができる好機——」

「なんかお前の魔装具、前より短くなってねぇか？」

「お前がへし折ったからだよッ!!　ヴェルミナン家が抱《かか》える魔装技師ですら『これは直らないですね』って言ったのを無理やり削《けず》って直してもらったんだよッ!!」

「腕《うで》の良い職人で良かったな。魔法が使えるからってはしゃぎ過ぎるなよ」

「このッ……絶対に吠《ほ》え面《づら》をかかせてやるからなッ!?」

そんな捨て台詞《ぜりふ》を吐いてから、ファレグは取り巻きたちを連れて離《はな》れていった。

その様子を見て、ミリスが申し訳なさそうに頬を掻《か》く。

「あはは……なんか私のせいですみません……」

「気にすんな。どうせ最初の頃《ころ》から目の敵《かたき》にはされてたし、大勢の前で恥《はじ》かかされて魔装具を折られても突っかかってこれるとか、色んな意味で胆《きも》は据わってると思うぞ」

「あぁ……そのフォローを聞くと、あの貴族様がすごく哀《あわ》れに見えてきます……」

ミリスが去っていくファレグに憐憫《れんびん》の眼差《まなざ》しを向けていた。まさかファレグもそんな憐れみを向けられているとは露《つゆ》ほども思わないだろう。

「さて……そんじゃ俺たちも行くか」

「ん、レイドたち気をつけてね」

「おう。お前のほうこそ一人なんだから気をつけろよ」

エルリアの頭を叩いてからレイドが身体を軽く傾《かたむ》けると、エルリアが手を伸ばして頭にぽんと手を乗せてくる。

そんな二人の様子を見て――

「……あの二人、試験の前ですらイチャついてますよ」

「強者の余裕とでも思っておけ。感化されたらオレたちの感覚が狂《くる》うぞ」

「ですねぇ……私たちは普通に危ないので気を引き締めていきましょう」

そんな二人を眺《なが》めながら、ウィゼルとミリスは力強く頷いていた。

◇

魔獣たちが蔓延《はびこ》る『危険指定区域』に入ってから数十分。

レイドたちは順調に歩みを進めていた。

「――よっ」

飛び掛かってきた魔獣に対して、レイドは軽い掛け声と共に蹴《け》りを繰《く》り出す。

その瞬間——魔獣が絶叫《ぜっきょう》を上げる間もなく吹《ふ》き飛び、木に激突《げきとつ》して動きを止めた。

「確かに、魔獣自体はそんなに強くねぇな」

「魔法を使わずに素手でブッ飛ばしてる人の意見は参考になりませんけどね……」

「こうして実際に目《ま》の当たりにすると、レイドの異常性が際立《きわだ》って見えるな」

背後に控えていた二人がそんな感想を口にする。

小型とはいえ、魔獣の大きさは人間の背丈《せたけ》と変わらない。

先ほどレイドが蹴り飛ばした山猫《やまねこ》に似た魔獣も、その大きさは明らかに人間を上回っているものであり、素手で立ち向かうなど本来は自殺行為《こうい》に近いだろう。

「これでも手加減してるんだぞ。思い切り殴《なぐ》り飛ばしたら周りに被害《ひがい》が出るだろうし、返り血を浴びるわけにはいかねぇからな」

「魔獣は変異した時点で獰猛《どうもう》かつ肉食に変じるそうだからな。血の匂《にお》いに反応して他の魔獣たちが集まってきたら進むのが難しくなる」

「まぁ血塗《ちまみ》れのレイドさんと一緒に歩くのも嫌《いや》ですしね……」

そうして進んでいた時、ふとミリスが言葉を漏らす。

「……エルリア様は大丈夫でしょうか。いくら強いと言っても一人ですし」

「問題ねぇよ。さっきの魔獣が千体くらい四方八方から飛び掛かってきたとしても、あいつは第一界層の魔法だけで全部処理できるだろうしな」

魔法士の戦闘方法は幅広《はばひろ》い。

中遠距離《ちゅうえんきょり》から魔法を放つのが魔法士の基本戦闘だが、それでも敵の数が多ければ対応が間に合わずに接近されるし、不意な襲撃《しゅうげき》を受けることもある。

その際に使われるのが『近接魔法』だ。

魔装具に組み込まれた魔力回路に魔法を記憶《きおく》させることで、詠唱《えいしょう》や展開までの時間を極限まで短縮することにより、目まぐるしく変わる戦況《せんきょう》や近接時における高速戦闘、一対一の対人戦にも対応できるようにした形だ。

それらは一般的《いっぱんてき》な身体強化だけでなく、自身が得意とする魔法……たとえば炎などを剣のように展開する生成魔法、安全な空間を即座《そくざ》に形成する結界魔法、相手からの攻撃《こうげき》をはじき返す障壁魔法《しょうへきまほう》など、魔装具に記憶させた魔法次第《まほうしだい》で多様な戦法を取ることができる。

近接時における高速戦闘で重要なのは威力ではなく戦術であるため、格の低い魔法だけでも相手を凌駕するには十分となる。

そして、その考案者も『賢者《けんじゃ》』ことエルリアだ。

当人は魔装具《まそうぐ》に頼《たよ》らずとも独自の方法で詠唱や展開を短縮できるが、常人には難しいものらしく、誰にでも扱えるようにするために考案したと以前聞いたことがある。

しかも、その理論を検証するために体術なども一通り会得《えとく》している。

それらを用いて、過去にレイドと近接戦闘《せんとう》を行った時もあったが……自分のためではなく、他者が扱うために努力を行える精神には感服すら覚えるほどだ。

「一般人相手なら、エルリアは魔法無しでも純粋《じゅんすい》な体術だけで相手を完封《かんぷう》できるぞ」

「そんなまさかぁ。あんなに華奢《きゃしゃ》で可愛《かわい》いエルリア様ですよ？　魔法を使うならともかく、普通の状態で戦ったら負けちゃいますって」

あはは一、とミリスはノンキに笑いながら手を振る。

やはり魔《ま》法戦闘《ほうせんとう》に特化したことで、千年前には当たり前のように存在していた剣術《けんじゅつ》や体術などもほとんど廃《すた》れてしまっているのだろう。

「しかし……言われて見ればレイドの動きは他の魔法士たちと違って独特なものが多い。オレとしてはそちらも興味深いものだ」

「お、それなら今度軽くやってみるか。ウィゼルもどちらかと言えば魔装具を使った近接戦闘寄りだし、対人戦闘だったら応用が利《き》くようになると思うぜ」

「それはありがたい。ぜひ指導を受けるとしよう」

「えぇ一……私は他の人を叩いたり蹴ったりとか苦手なんですけど……」

「そこらへんはエルリアの方が詳《くわ》しいから訊《き》いてみたらいいんじゃねぇか？　簡単な護身術とか、身体の動かし方だけでも知っておくだけで変わるもんだしな」

　そんな会話を交《か》わしながら歩いていると、ウィゼルが不意に目を細める。

「今さらだが……レイドやエルリア嬢は妙なことについて詳しいな？」

「あー……それはあれだ、カルドウェンって千年くらい前から続いているほど長い家系だし、古い文献《ぶんけん》とかも多いんだよ。それで知ったってだけだ」

「しかしエルリア嬢はともかく、お前は元々田舎《いなか》の出身だったんだろう」

「そういえば……私と話が合うってことは相当田舎暮らしが長かったと思うんですけど、お二人っていつ頃《ごろ》に婚約《こんやく》されたんですか？」

「……まぁ、婚約したのは二ヵ月前くらいだ」

「二ヵ月って……その割にはなんかお互《たが》い信頼《しんらい》しているというか、ものすごく仲が良いように見えますけど……立場的に昔からの知り合いってわけでもないですよね？」

　そんな二人の追及《ついきゅう》を受け、レイドは少しばかり言葉に詰《つ》まる。

　二人とは授業中も含《ふく》めて一緒に過ごす時間が多かったし、レイドとしても信頼しているところがあったので、なんとなく喋《しゃべ》りすぎてしまった。

「まぁ、そこらへんについては今度エルリアと一緒に聞かせてやるよ」

そう誤魔化してからレイドは思案する。

（……今度、そこらへんも含めてエルリアと話し合ってみるか）

レイドたちが転生した件を他者に話すのは、慎重《しんちょう》に決める必要がある。

かつての部下が残した手記によって、「何者かが『英雄《えいゆう》』に関する事柄《ことがら》を消した」という事実が存在している以上、そのことを知った人間に危害が及《およ》ぶ可能性もある。

現状では分からないことが多すぎる。

なぜ『賢者』と『英雄』であった自分たちが千年後に転生したのか。

なぜ『英雄』の存在が消され、その一部だけが不完全に残っているのか。

なぜレイドは普通の人間とは異なる力を持っているのか。

ただの魔力《まりょく》ではないのならどんな力なのか、それが自分だけでなく周囲にどのような影響があるのか、その力が転生に関係があるのか。

そして――

――なぜ、エルリア・カルドウェンは死んだのか。

その件について、文献では『病で命を落とした』と伝わっていた。

エルリア自身も、自分の死について疑問を抱いていなかった。

それがレイドの知らないエルフ特有の病気だとしたら、エルリアがそのことについて言《げん》及《きゅう》していてもおかしくはない。

そして暗殺であるならば、エルリアが自身の死に疑問を抱くはずだ。

しかし、その死について詳細《しょうさい》を知る者は既《すで》にいない。

千年の時を経たことで、その記憶は失われてしまった。

そこかしこにちりばめられた違和感《いわかん》。

それらを放置し続けることはできない。

そうぼんやりと考えていた時……不意にウィゼルが足を止めた。

「待て、向こうに何かが見える」

「も、もしかして魔獣ですか？」

「いや……洞窟《どうくつ》だ。おそらくは天然のものだろう」

軽く眼鏡を叩きながら、ウィゼルはそちらに顔を向けている。

エルリアとアルマが模擬《もぎ》戦を行った時にも使った魔具であり、視認《しにん》することができない魔力の形跡《けいせき》や生物が放つ熱を視認できたり、倍率を変更《へんこう》することで遠く離れた状況を確認できたりとのことで、今回の試験でも大きく役立っている。

「ウィゼル、周囲に魔獣の姿はあるか?」

「いや……周囲にも見当たらないようだ」

「それなら当たりだ。まず間違いなく洞窟の中に人形がある」

「え? どうしてそんな断言できるんですか?」

「仮に魔獣から逃げている途中で負傷したら、安全な場所に逃げ込むだろ。人形がそこらへんに落ちてないことを考えると、何らかの状況を想定して配置されていると見ていい」

実際にレイドたちは道中で人形を見かけていない。それならば適当に配置されているのではなく、何かしら配置にも意図があると考えていいだろう。

「とりあえず俺《おれ》が先行する。ウィゼルは周辺警戒《けいかい》、ミリスはその補助だ」

「承知した」

「りょ、了解《りょうかい》ですともっ！」

頷いた二人を引き連れて、レイドは洞窟内《どうくつない》に足を踏み入れる。

軽く気配を探《さぐ》ってみるが、洞窟内に生物の気配はない。

そして――暗闇《くらやみ》の中に人影《ひとかげ》が見えた。

「ウィゼル、確認を頼む」

「カノス教員が見せたものと同じものだ。数については……五体だな」

「ええっ⁉　そんなにあるんですかっ⁉」

「まぁ集団で逃げたって設定なんだろうな。俺が下手に触《さわ》ったりすると壊《こわ》れるかもしれないから、ここから先はお前ら二人に任せるぞ」

レイドが洞窟の外で魔獣を警戒し、洞窟内でウィゼルとミリスが作業を始める。

「この魔力回路は……複数の熱源を探知するものだな。おそらく二人以上で訪《おとず》れたら解除される仕組みなのだろう」

「はえー……本当にレイドさんの言う通りでしたね」

「ミリス嬢、他の人形についてはどうだ？」

「んとー、たぶん他も同じ感じだと思いまー――」

そう言いながら、ミリスが人形の一つに触《ふ》れた時だった。

人形が「ビィイイイィッ」と喧《やかま》しい音を発し、その身体をビクンと震わせた。

「うわああああああああああああああああああああッッ⁉」

「おいなんだ、どうしたッ⁉」

「大丈夫《だいじょうぶ》だッ！　おそらく人形に仕掛けられた機構が発動したッ‼」

反響《はんきょう》する音に顔をしかめながら、ウィゼルは鳴り始めた人形の太ももを見る。

「これは……魔力に反応してタイマーが作動しているな」

「つ、つまりどういうことですか……？」

「数字が減っているところを見ると、制限時間のようだが……」

「もしかして……この人形が負傷者で、制限時間が命を落とすまでの時間……とか？」

「……可能性は高い。怪我人であるなら処置を施さなければ移動もできないからな」

「そ、それなら今すぐ治療しましょうっ！　任せてください、一通りの治癒魔法についてはエルリア様から教わっていて太鼓判《たいこばん》ももらってますからっ!!」

自信満々にミリスが魔装具を展開し、人形に向かって杖《つえ》を軽く振《ふ》りかざす。

その瞬間、淡《あわ》い光が人形を包《つつ》み込み——

ビイイイイイイイイイッッとけたたましい音が鳴った。

「うわあああああああああああああああああああッッ!!」

「今度はどうしたってんだよッ!?」

「鼓膜《こまく》が破れるから真横で叫《さけ》ぶなミリス嬢ッ!!」

人形以上の絶叫を上げたミリスに対して、ウィゼルがパァンと頭をしばいた。

涙目《なみだめ》で頭を擦《さす》りながら、ミリスが人形を見つめる。

「ち、治癒魔法を掛ければ解除されるんじゃなかったんですかっ!?」

「いや、反応したということは間違っていないはずだが……」

そんな二人の会話を聞いて、レイドは遠巻きから言葉を掛ける。

「おい、もしかして応急処置の順番も関係してるんじゃねぇか？」

「……順番だと？」

「いきなり治癒魔法を掛けて傷を塞《ふさ》いでも、傷口の状況によっては感染症《かんせんしょう》に陥ったりすることだってある。だからまずは怪我の具合とかを確認しろ」

「け、怪我の具合って……人形だから怪我なんてしてませんよッ⁉」

「いや……魔力回路の位置が負傷部位と見ているのかもしれない。周囲には魔力検知以外にも感圧装置が付いている」

「だ、だけど……あと五分しかないんですよっ⁉」

レイドが視線を凝《こ》らすと、人形の太ももに表示されている数字は五分を切っている。

それまでに適切な処置を施さなければ、人形は命を落とすということだ。

「お、応急処置……えと、確か、最初にやらないといけないのは……っ‼」

「落ち着けミリス、俺が指示するからゆっくりと対処しろ。ウィゼルは魔力回路が解除されたかどうか適時確認だ」

そう指示を出してから、レイドはミリスを落ち着かせるように声音を低くする。

「まずは傷口……魔力回路の周辺に解毒魔法《げどくまほう》を掛けろ」

「は、はいっ！」

レイドの指示に従い、ミリスが人形に向かって解毒魔法を行使する。

しかし、今度は警告音のようなものは鳴らない。

「……よし、回路の一部が解除された」

「つ、次は傷口の圧迫《あっぱく》ですかっ⁉」

「その前に口元を布か何かで縛《しば》れ。怪我《けが》をして憔悴《しょうすい》していることを考えれば、死を覚悟《かくご》している状況でもある。処置の最中に舌を噛んで自害する奴もいるからな」

「わ、分かりましたっ‼」

ミリスがハンカチで人形の口元を縛り、その後もレイドは指示を続ける。

「次に傷口と動脈を圧迫して怪我人を寝《ね》かせろ。負傷部位が大腿部《だいたいぶ》なら心臓よりも高く上げて、ある程度まで止血してから傷口の詳細を再度確認《かくにん》だ」

真剣《しんけん》な表情で、ミリスは返事をしながらレイドの指示に従って処置を行った。

その都度、ウィゼルに確認を取り、次の処置と治療を行っていく。

「こ、これで——大丈夫ですっ‼」

そしてミリスが最後に、失敗した治癒魔法を掛けた瞬間——残り時間を表示したまま、人形のタイマーが止まった。

「だ、大丈夫ですよね……ねっ⁉」

「ああ……全ての機構が解除されている。他の人形たちの魔力回路も止まったところを見ると、この人形を助けることが解除条件に入っていたのだろう」

ウィゼルが他の人形たちを確認する中、ミリスはへなへなとその場に座《すわ》り込んだ。

「はぁぁぁぁ……よかったぁぁぁぁぁぁ……っ」

「おう、よくやったじゃねぇか」

「レイドさぁぁぁぁん……本当にありがとうございましたぁぁぁぁ……っ‼」

よほど緊張《きんちょう》していたのか、ミリスが涙声《なみだごえ》で感謝の言葉を口にする。制限時間がある上に、これが実戦だったら他人の命が懸かっているという重圧もあったと思うので、治療に当たっていたミリスにとっては相当な負担だっただろう。

安堵《あんど》しているミリスを眺めていた時、ふとウィゼルが近づいてくる。

「ウィゼルもよくやったな」

「……いや、オレは魔力回路の確認をしていただけだ。これはミリス嬢《じょう》の功績だろう」

「そんなことねぇよ。実際に処置をしながら患者《かんじゃ》の具合を確認する必要があるし、それが今回は魔力回路だったってだけだ。治療を見て不安にならないように会話をして意識を逸らしたりする必要もあるし、お前の役目もちゃんと重要なものなんだよ」

「……そう言ってもらえると、オレとしてもありがたいものだ」

ウィゼルにしては珍《めずら》しく、嬉《うれ》しそうな笑《え》みを浮かべていた。

だが、その表情を正してから声量を下げる。

「レイドは……今までに死にかけた人間を見たことがあるのか？」

「ああ？　突然《とつぜん》どうしたんだよ？」

「いや……お前の出す指示があまりにも的確であったのと、まるで本当に死にかけた人間を見てきたかのように説明していたように思えたのでな」

ウィゼルは声を震《ふる》わせながら尋《たず》ねる。

だからこそ。レイドは目を伏《ふ》せながら答えた。

「そうだな……それで命を拾った奴もいたし、逆に救えなかった奴もいた。だから人形相手とはいえ、お前らがやったことは立派なことだよ」

戦場で倒《たお》れ伏《ふ》し、無念の内に命を散らしていった者たちのことを思い浮かべる。

そこに敵味方は関係ない。

誰かが命を落としたことで、その人間を知る者たちも悲しむ。

そんな光景をレイドは何度も見てきた。

「だから——そいつを救ってくれてありがとうな」

苦笑《くしょう》しながら、レイドはそんな言葉を二人に掛ける。

「レイド、お前は――」

そうウィゼルが何かを尋ねようとした時だった。

「うわあああああああああああああああああああっっ!!」

「おいッ！　いいかげん何かある度《たび》に叫ぶのはやめろッ!!」

「いや見てくださいってッ！　なんか誰かがこっちに来てるんですよッ!!」

そう洞窟の入り口を指さしたのを見て、レイドたちは振り返る。

森の向こうから走ってくる……三人の人影。

その姿には見覚えがあった。

「あれは……ファレグの坊主《ぼうず》と取り巻き二人か？」

「ま、まさか……人形を横取りとかする気じゃないですよねッ!?」

「いや……何か様子がおかしいように思える」

眼鏡をいじりながらウィゼルが三人の様子を観察する。

それを目にしたところで、ウィゼルは大きく目を見開いた。

「レイドッ！　今すぐあの三人をこちらに呼び寄せろッ!!　怪我人がいるッ!!」

それを聞いた瞬間、レイドは洞窟から飛び出していた。

そしてファレグたちに向かってすぐさま駆《か》け寄る。

その姿を見て、ファレグは驚《おどろ》きながら顔を上げた。

「お前、カルドウェンの――」

「……そいつらに何があった？」

ファレグは取り巻きの二人に肩《かた》を貸していた。

二人の身体は至るところに傷があり、一人は腕が力無く下がっており、もう一人は足が不自然な方向に曲がっている。

二人の様子を見て命に別状がないことを確認《かくにん》してから、レイドは二人を担《かつ》ぎ上げた。

「とにかく洞窟に行くぞ。そこだったら魔獣もいないし安全だ」

魔獣という言葉を聞いた瞬間、ファレグがびくりと身体を震わせていた。

ファレグの目はどこか虚《うつ》ろで覇気《はき》がなく、顔面も蒼白《そうはく》になっている。

その様子を訝《いぶか》しみながらも、レイドは洞窟へと先導した。

「ミリスッ！　怪我人の二人を頼《たの》んだッ!!」

「うえぇぇえっ⁉　いきなり実践《じっせん》ですかッ⁉」

「ぱっと見た限り骨折だけで命に別状はなさそうだが、そのあたりの詳細も確認してくれ。俺はこいつから話を聞く必要がある」

そう言いながら、レイドはファレグに視線を向ける。

「おい坊主、こいつらに何があったのか説明しろ。魔獣に襲《おそ》われたのか？」

「魔獣……」

その言葉を聞いて、ファレグが地面に座りながら身体を震わせる。

「分からない……分からないんだ……ッ‼」

「……どういうことだ？」

「魔獣なのは間違いないんだ……だけど、僕《ぼく》はあんな魔獣は知らない……ッ‼　本当に、あんな化け物がいるなんて思っていなかったんだ……ッ‼」

ガタガタと身体を震わせながら、ファレグがうわ言のように呟《つぶや》き続ける。

そんなファレグの言葉に対して、外を警戒していたウィゼルが口を開いた。

「……レイド、これは少々まずいかもしれない」

「何か見えたか？」

「まだ姿は確認していないが……森の中で動く存在がある」

ウィゼルの声は微《かす》かに震えていた。

「少なくとも……小型や中型といった大きさではない。オレたちが今まで見てきた魔獣たちとは明らかに違《ちが》う存在が森の中にいる」

そして——眼前に見える森で動きがあった。
乾《かわ》いた音を立てながら倒れていく木々。
鬱蒼《うっそう》とした木々の中に見える黒い体躯《たいく》。
それは『鎧《よろい》』だった。
金属のような光沢《こうたく》を放つ、漆黒《しっこく》の外殻《がいかく》。
その鎧のような外殻に覆《おお》われた巨躯《きょく》によって、木々が押し退《お》けられて倒れていく。
そして高い木々の間から、ゆっくりと首をもたげた。
それは『竜《りゅう》』だった。
黒光りする鱗片《りんぺん》に覆われた長い首。
堅牢《けんろう》な外殻によって兜《かぶと》を被《かぶ》ったように覆われている長方形の顔。
しかしその口元には無数の白牙《はくが》が見え、僅《わず》かに開かれた赤い口腔《こうこう》が見える。
その歪《いびつ》な頭が周囲を見回すように動き……やがて、洞窟を見て止まった。
赤黒い血のような双眸《そうぼう》が、洞窟内にいるレイドたちを見据《みす》えた瞬間——

オオオオオオオオオオオオオオオオオオオオオッッ————!!

耳を劈《つんざ》く咆哮《ほうこう》が、木々を鳴動させるように響《ひび》き渡《わた》った。

◇

その咆哮を耳にした瞬間、レイドは全員に向かって叫んだ。

「ミリス、ウィゼルッ！　そいつらを連れて奥《おく》に行けッ!!」

地響《じひび》きと共に駆けてくる鎧竜《よろいりゅう》を見て、二人が怪我人を抱えて奥に向かう。

そしてレイドが腰《こし》を抜《ぬ》かしているファレグを引っ張った時——洞窟の入り口から重い衝《しょう》撃《げき》と破砕《はさい》音が聞こえてきた。

洞窟に顔を突《つ》っ込《こ》もうとしている鎧竜。

しかし、その体躯が大きすぎるせいで頭を入れるだけに留《とど》まっており、目の前にいるレイドたちを喰《く》らおうとして牙を打ち鳴らしている。

そして鎧竜が再び咆哮を放った瞬間、ファレグが短い悲鳴と共に耳を塞いだ。

「ヒッ……あいつが、あいつが僕たちを襲ったんだ……ッ!!」

「……まさか、お前らがあいつに手を出したのか？」

「違うッ！　確かに、学院側が何か用意していると思って探してはいたが……まさか本当にいるとは思わなくて、実際に見つけた時には足が竦《すく》んで、そんな僕を助けようとして、ヴァルクとルーカスが身代わりになって怪我をして……それで……ッ!!」

涙《なみだ》を流しながら、ファレグは拙《つたな》い言葉で状況《じょうきょう》を説明した。

「すまない……すまない……ッ!!」

涙を流しながら、ファレグは身体を丸めていた。

それは怪我をさせてしまった二人に対してか、それともレイドたちを巻き込んでしまったことに対しての謝罪なのかは分からない。

「僕が……余計なことをしたから……ッ!! 大型魔獣《まじゅう》がいるかもしれないから探そうなんて言わなければ、こんなことにはならなかったのに……ッ!!」

そう悔悟《かいご》の念を口にしながら、ファレグは涙を流し続けていた。

その姿を見て——レイドは静かにファレグの頭を叩《たた》いた。

「なに泣いてんだよ、坊主」

「……………え？」

「お前はあいつを見て逃げ出すことだってできたはずだ。それでも……お前は仲間を見捨てないで、ここまで必死に逃げ切ったんだ」

ファレグは二人に肩を貸しながら必死に逃げていたのだろう。

その身体は土に塗《まみ》れており、恐怖《きょうふ》で足を竦ませて何度も転んだのだろう。

その間に二人を見捨てて、自分だけが助かることもできたはずだ。

それでも……二人を助けるために、何度も立ち上がって必死に逃げ続けてきたのだ。

「お前がやったことは立派なことだ。そういう時にこそ胸を張るんだよ」

そうレイドはファレグに向かって笑顔《えがお》を向ける
そして、レイドは背後にいる二人に声を掛《か》けた。

「ミリス、ウィゼル、処置と並行《へいこう》して結界魔法を使えるか？」

「……いくつか結界魔法に特化させた魔装具は持っている。ミリス嬢が治療《ちりょう》で魔力を消費したとしても、それだったらしばらくは大丈夫だ」

「分かった。俺が洞窟を出た後はそれでしばらく耐《た》えてくれ」

「ま、まさか……あいつと戦うつもりかッ⁉」

レイドの言葉を聞いて、何をするか察したファレグが叫ぶ。

「無理だッ！　僕も反撃《はんげき》しようとしたが、あいつは――」

「『あいつには魔法が効かない』って言いたいんだろ」

ファレグの言葉を遮《さえぎ》って、レイドは眼前に見える鎧竜を見据える。

「あれは『武装竜』って名前の魔獣でな。山岳《さんがく》や峡谷《きょうこく》にある鉱脈を主食として、その中に含まれている金属や魔鉱石を吸収して鎧のような外殻を作り上げる……そうして魔力を帯びた鎧の外殻は、他の魔力を弾《はじ》いて減殺《げんさい》する」

それは千年以上前の話だ。

『賢者』が開発した魔法によって劣勢《れっせい》に陥《おちい》ったアルテインが、とある魔獣の存在に着目して戦線に投入する計画を進めていた。

それが――『武装竜』と呼ばれた竜型の魔獣だった。

そうして捕獲《ほかく》した武装竜を戦場で放ち、ヴェガルタが率いる魔法士たちを迎《むか》え撃《う》とうとしたが……アルテイン側は武装竜を御《ぎょ》することができず、敵味方問わず甚大《じんだい》な被害をもたらしたという過去がある。

「なんで……お前はそんなことを知っているんだ……？」

「まぁ色々とあって知ってるってだけだ」

「どちらにせよ、あんな奴《やつ》に立ち向かうなんて無謀《むぼう》だ……学院側が事態に気づいて、救援《きゅうえん》が来るまで待つべきだッ!!」

「そうだな。学院じゃなくても、エルリアが異変を感じ取ってここに来てくれたら話は早いが……どちらにせよ、悠長《ゆうちょう》に待ってる時間はないだろ」

武装竜は今もレイドたちを喰らおうとして洞窟に頭を突き入れている。

その度に洞窟が震動《しんどう》して、天井《てんじょう》から土埃《つちぼこり》が落ちているところを見ると……先ほどの突進《とっしん》で洞窟そのものが脆《もろ》くなった可能性が高い。

このまま武装竜を放置していれば、全員が間違《まちが》いなく生き埋《う》めになるだろう。

「ウィゼル、さっき言った通り俺が出たら結界を張れよ」

「や、やめろッ！　一人で向かうなんて自殺行為だッ!!」

「勘違《かんちが》いすんな。こっちも死ぬつもりでやろうとか思ってねぇよ」

そう告げながら、レイドはゆっくりと竜の顎《あご》に向かっていく。

かつて……戦場で甚大な被害をもたらした武装竜。

その魔法《まほう》が効かないという特性からヴェガルタの魔法士たちも苦戦し、結界や障壁《しょうへき》による防護も貫《つらぬ》くため、防衛すらも許されなかった。

武装竜を引き連れたアルテインの兵士たちは為《な》す術《すべ》なく逃げまどい、喰われ、潰《つぶ》され、戦場は混沌《こんとん》とした絶望に包まれていた。

しかし、暴走する武装竜たちは一人の男によって殲滅《せんめつ》された。

そして男は未曾有《みぞう》の窮地《きゅうち》を救った者として称号《しょうごう》を賜《たまわ》った――

「ただ――『英雄』なら勝てるってだけの話だ」

そんな言葉と共に、レイドが拳《こぶし》を振るった瞬間《しゅんかん》。
金属がたわむような音と共に、武装竜の巨躯が地面から浮《う》いた。
殴り飛ばされた武装竜が地面を転がり、洞窟の入り口から離れていく。
その様子を眺めながら……レイドはゆっくりと洞窟の外へ出た。
「意外と固いじゃねぇか。昔は剣《けん》だったから知らなかったぜ」
拳を振りながら、倒れ伏す武装竜に向かって語り掛ける。
そして……武装竜の赤い目に微かな感情が見えた。
恐怖。
生物としての本能が、自身よりも強い存在を目の当たりにして恐怖を抱《いだ》いている。
かつて——『英雄』と呼ばれた最強の人間に対して。
「懐《なつ》かしいな……お前と戦ったのはいつ頃だったか」
そんな言葉を口にするレイドに対して、武装竜は咆哮を上げながら豪腕《ごうわん》を振るう。
人間を磨り潰《す》すには十分すぎる横薙《よこな》ぎの一撃《いちげき》。
その動きをレイドは目で追うことすらせず——
右腕《みぎうで》をかざすことで、その一撃を受け止めた。

圧倒的《あっとうてき》体格差によってもたらされた一撃。

しかし、その一撃を受けようともレイドは身じろぎすらしない。

「ああ……ダメだな。『賢者』ならともかく、他の奴は弱すぎて思い出せねぇや」

そう口にしてから、レイドは左腕《ひだりうで》に力を込める。

身体の内に迸《ほとばし》る感覚と共に、再び凶悪《きょうあく》な相貌《そうぼう》を見据え――

「――つまり、てめぇはその程度ってことだ」

その顎に向かって拳を突き上げた。

金属同士が鳴る甲高《かんだか》い音と、肉を打つ鈍《にぶ》い音が同時に起こり、木々を越《こ》すほどの巨体《きょたい》が軽々と宙を舞《ま》った。

その巨躯が落下した直後、地揺《じゆ》れと共に土埃が舞う。

「チッ……さすがに装甲《そうこう》は砕《くだ》けねぇか」

よろけながらも立ち上がる武装竜を見て、レイドは軽く舌打ちする。

武装竜自身もレイドに対して恐怖心《きょうふしん》を抱いて動きを止めているものの、逃亡《とうぼう》する意思は見せておらず、紅の瞳《ひとみ》が怒《いか》りに染まっているところを見ると応戦し続けることだろう。

それだけではない――

オオオオオオオオオオオオオオオオオオオッッ――――………。

遠くから、共鳴するような咆哮がいくつも響いている。

少なくとも、現れた武装竜は一頭だけではない。

数頭……下手したら十を超《こ》える数がいる可能性もある。

「……素手《すで》で全員の相手となると、さすがに時間が掛かって面倒《めんどう》くせぇな」

レイドだけなら切り抜けることは難しくない。

しかし負傷者がいる状況で武装竜の群れから逃げ切ることは難しく、このまま洞窟付近で戦闘を行い続ければ余波によって崩落《ほうらく》する可能性もある。

どうしたものかとレイドが思案していた時――


空中から降り注ぐように、光鞭《こうべん》が武装竜の身体に絡《から》みついた。

奇襲《きしゅう》を受けたことで、武装竜が咆哮を上げながら暴れ回るものの、その動きを捕《と》らえるかのように光鞭が巨体を縛り上げていく。

「――ごめん、遅《おそ》くなった」

淡々《たんたん》とした声が空から聞こえたところで、レイドは顔を上げる。

「おう、エルリアか」

「うん。人形を置きに行ったら、アルマ先生から『未確認《みかくにん》の魔獣を複数確認したから、生徒を見つけたら回収してきて欲《ほ》しい』って言われたの」

「複数ってことは、やっぱりこいつ一頭じゃねぇってことか」

「正確な数は分からないけど、同行していた担当教員たち全員が対処に当たるくらいには多いみたい。人手が足りなくて戦力が欲しいから、わたしも制限解除って言われた」

跨《また》がっていた杖から降りた後、エルリアは洞窟にいるミリスたちに視線を向ける。

「ミリス、そのまま飛ばすから、結界を維持《いじ》。復唱」

「は、はいッ！　結界を維持しますッ！」

「ん、イイ子」

そう静かに呟いた直後――

眼前にあった洞窟が、空間を抉《えぐ》り取るように消え去った。

空間転移。

それも洞窟を丸ごと移動させるほどの広範囲《こうはんい》かつ大規模な転移魔法。

「これで、わたしたちのクラスは全員確保」

「いや、あいつらだけ飛ばせばよかったんじゃねぇか？」

「だって……そこら中に武装竜がいるせいで周囲の魔力が不安定だから、人間だけ飛ばそ

「だからって洞窟ごと飛ばすとかめちゃくちゃだろ」

「……素手で武装竜を殴《なぐ》ってる人に言われたくない」

エルリアがぷくりと頬《ほお》を膨《ふく》らませると、その腰元《こしもと》から声が聞こえてくる。

『エルリアちゃーん？　こっちに洞窟飛んできたんだけど、たぶん中に生徒がいるってことでいいのよねー？』

「うん。レイド以外の五人がいる。先生の方は、全員確認できた？」

『それなら他のクラスも含めて、試験を行っていた生徒は全員確認できたわ。何人か負傷者もいるけど、命に別状のある生徒は一人もいないわよ。教員も全員撤収《てっしゅう》したわ』

「ん、それはよかった」

魔具から聞こえてくるアルマの言葉を聞いて、エルリアはこくんと頷《うなず》く。

「それじゃ、今からまとめて吹《ふ》っ飛ばすから生徒たちを守っておいて」

『へ？　ちょっと待って、それって何するつもりなの？』

「武装竜の相手は魔法士だと分が悪いから、今からわたしとレイドで全部吹き飛ばすの」

『いや待ちなさいッ！　あたしそこまでやっていいとか言ってな――』

通信魔具《まぐ》を切り、エルリアがてとてとと駆け寄ってくる。

「レイド……久々に、本気を出してみたくない？」

少しだけ得意げな表情を浮かべながら、エルリアがそう訊いてくる。

「本気って……そりゃ全力でブン殴れば一頭くらいは――」

「うん。だから、わたしが本気を出せるようにしてあげる」

口元に笑みを浮かべながら、エルリアが杖をかざす。

その直後、目の前の空間に変化が起こった。

杖を伝って流れる魔力光が一点に集中し、それが明確な形を成していく。

「わたし、ずっと考えていたの。レイドが昔みたいに全力を出すためには……戦っていた時と同じように笑えるようになるには、どうすればいいのかなって」

千年前と違い、現代にレイドが扱《あつか》える武器はない。

形だけ模した紛《まが》い物《もの》では、レイドの力に武器自体が耐えられない。

「きっと――わたしの魔法だったら、耐えられると思ったの」

集約されていく魔力光が成していく形。

それは――『剣』だった。

身《み》の丈《たけ》を越すほどの大剣《たいけん》。

数多《あまた》の戦場を共に潜《くぐ》り抜けてきた、もう一人の自分とも呼べる存在。

「遅くなっちゃったけど――入学祝いの、プレゼント」

そんなことを言いながら、エルリアは顔を逸《そ》らしながら頬を赤らめる。

それを見た瞬間……レイドは思わず噴《ふ》き出していた。

「ッ……はは、そうかッ！　入学祝いのプレゼントかッ!!」

「な、なんで笑うの……っ!?」

「いやッ……本当にお前らしいと思ってな。魔法で剣を作るとか、そんなもんを入学祝いとか言ってくるあたりとか、そんなこと考えるのお前くらいしかいねぇよ」

「だ、だって……レイドが一番喜んでくれると思ったから……っ！」

魔法を維持しながら、エルリアが顔を真っ赤にしながら言う。

だが――

「嬉しいなんてもんじゃねぇさ」

バチリ、と右腕に力が迸る感覚を覚えながら『剣』を手にする。

その力と反発するように魔法が消えていく感触《かんしょく》があったものの、絶え間なくエルリアが魔法を使い続けることで、その形状を保ち続けている。

「俺と戦ってきたお前の魔法だからこそ、耐えるに決まってるよな」

エルリアがレイドを倒すために考案した、無数の魔法を集約することで魔法を創り上げる技術……『加重乗算展開』によって生成された剣。

そのエルリア自身の記憶《きおく》にも基づいているのか、大きさや形状だけでなく剣身に付いていた細かい傷跡《きずあと》なども完全に再現されている。

『賢者《けんじゃ》』が作り上げた――《魔剣《まけん》》と呼ぶべき代物《しろもの》。

かつての仇敵《きゅうてき》である『賢者』は、傍《かたわ》らに立ちながら《魔剣》を制御《せいぎょ》する。

「そういえば……こうしてレイドと一緒《いっしょ》に戦うの、初めて」

「そりゃそうだろ。なにせ前は敵同士だったんだからな」

「だけど、今は一緒」

「おう。千年越《ご》しの共同戦線ってやつだ」

微笑《ほほえ》むエルリアに対して、レイドは見せつけるように《魔剣》を担ぎ上げる。

「さて……せっかく良い物をプレゼントしてもらったんだ」

《魔剣》を両手で握《にぎ》り締《し》めて構えた瞬間、全身に力の奔流《ほんりゅう》が流れ込んでいき、エルリアの魔法に反応してバチバチと雷光《らいこう》が弾けるような音を奏《かな》でる。

見据えているのは、眼前で瀕死《ひんし》になっている武装竜ではない。

『英雄《えいゆう》』が見据えているのは、そんな些末《さまつ》な存在ではない。

「お前に——俺の『本気』ってやつを見せてやるよ」

過去、エルリアと幾度《いくど》となく戦ってきた。

しかし、レイドが持ち得る力の全てを見せたことは一度もない。

それはレイドが『英雄』だったからだ。

国を象徴《しょうちょう》する立場、命を賭《と》して国土と臣民を守ろうとする兵士たち。

自国の者たちだけではない。

未来を見据え、魔法という新たな技術によって世界を大きく改変していった『賢者』が守ろうとしてきたもの。

その未来を、戦争という無為《むい》な行いによって失うわけにはいかなかった。

その全てを守り、傷つけないために、自身の力を抑《おさ》えなくてはいけなかった。

だが——今のレイドは何者でもない。

「久しぶりだってのに、身体ってのは忘れねぇもんだなッ!!」

レイドは歯を剥《む》きながら嬉々《きき》とした咆哮を上げる。

レイドの特異な魔力《まりょく》が爆《は》ぜ迸り、その周囲が歪《ゆが》み潰されていく。

大剣を腰元に深く溜《た》めるという動作だけで、レイドから溢《あふ》れ出た純然たる『力』に耐え切れず地面が沈《しず》んでいく。

「よく見ておけよ――エルリア・カルドウェン」

『賢者』ではなく、自身が心の底から戦い続けたいと願い、その姿に憧憬《しょうけい》を浮かべ、恭敬《きょうけい》すべき好敵手である少女の名を口にする。

「こいつが――俺《おれ》の『本気』ってやつだ」

そう告げた直後、レイドは勢いよく大剣を振り抜く。

そして――眼前の世界が圧倒的な『暴力』によって呑《の》み込まれた。

世界という存在を強引《ごういん》に消し飛ばす一撃。

最強の名を冠《かん》し、『英雄』と呼ばれた者が放った本気の一撃。

その全てを、エルリアは見届けてから――

「――――」

その光景に目を奪《うば》われ、言葉を失っていた。

そこには、何も存在していなかった。

堅固《けんご》であるはずの地面は、地の底まで届かんばかりに抉られていた。

悠久《ゆうきゅう》の時を経て大地を深緑に染め上げた森は、その影《かげ》すらも残っていなかった。

蒼穹《そうくう》に掛かっていた白雲は、『暴力』の通り道を示すように分かたれていた。

天高く昇《のぼ》る太陽は、光すらも捻《ね》じ曲げられて大きく歪んでいた。

どこまでも続く地平線。

そこにあるのは――

「――俺の『本気』は、お前の想像を超えたか？」

大剣を肩に担ぎ上げ、嬉々とした笑みを浮かべる一人の人間だけだった。

その姿を見て、エルリアも微笑みながら言葉を返す。

「うん、すごかった」

「もうちょっと頑張《がんば》って褒《ほ》めてくれよ」

「すごいとしか言えないくらい、すごかった」

「それなら及第点《きゅうだいてん》ってところだな」

そう笑いながら言うと、エルリアが嬉しそうに目を細める。

「……やっぱり、レイドは戦う時が一番楽しそう」

「ああ？　そんなもんか？」

「うん。だけど……ずっと使える剣じゃなくて、ごめんなさい」

担がれた大剣は徐々《じょじょ》に小さくなりつつある。

いくらエルリアの魔法で作ったとはいえ、レイドの魔力に対して完全に耐え切ることはできず、エルリアが制御を止めれば霧散《むさん》して消えてしまう。

しかしレイドは静かに首を振《ふ》る。

「なんだ、俺が久々に剣を使って戦えたから笑ったと思ってんのか？」

「…………違うの？」

「違《ちげ》ぇよ。確かに嬉しかったのは間違いないけどな」

レイドが戦いの最中に笑うのは、ただ戦うことが楽しいというだけじゃない。

それだけで心の底から笑っているのではない。

何よりも大切なのは——

「——お前と一緒だから、いつも楽しくて笑っちまうんだよ」

そう、満面の笑みと共に答えた。

◇

しばらくして、レイドたちは教員たちの待避所《たいひじょ》に向かった。

そして――レイドたちは正座させられていた。

「いやぁ……あたしもエルリアちゃんに制限解除していいって許可出したし、未知の魔獣に対処した閣下の功績も半端《はんぱ》ないもんだと思うけどさぁ……」

額に青筋を浮かべながら、アルマが親指をクイッと向ける。

「――あたしは地図を書き換《か》えろとは言ってないわよ？」

そこには、かつて存在していた森林はない。

やや遠くにあった丘陵《きゅうりょう》の影もない。

ただ、ひたすら真《ま》っ直《す》ぐな地平線が広がっている。

「途中《とちゅう》から楽しくなって止まらなくなった」

「なるほど、分からんでもないわね」

『そこでアルマちゃんが同調しちゃダメなんだよッ!!』

通信魔具の向こうから、エリーゼの怒鳴《どな》り声《ごえ》と机をベンベン叩く音が聞こえる。

『試験区域を丸ごと消し飛ばしたって、何をやったらそうなるのさッ⁉』

「わたしが魔法で剣を作って」

「俺がその剣を使って何もかも消し飛ばした」

『規格外同士が妙《みょう》なところで息合わせないでよッッ‼　これ国とか他の関係各所に報告するのボクなんだよッ⁉　それで提出したら「詳細《しょうさい》不明ではなく仔細《しさい》に調査して報告をしてください」とか言われて怒《おこ》られるじゃぁぁぁぁん……ッッ‼』

　レイドたちの説明を聞いてエリーゼが涙声になっていた。苦労の多い幼女だ。

『それでアルマちゃん……向かわせた増援《ぞうえん》の調査報告は……？』

「まぁー見事なまでに跡形《あとかた》も残ってない感じだけど、破片《はへん》の一部くらいは残っているんじゃないかしらね。なにせ──あたしの魔法さえ半分しか通らなかった魔獣なんだから」

　そう口にしながら、アルマは表情を改める。

「遭遇《そうぐう》した生徒たちの証言も集めたけど、ほぼ全ての魔法を反射、無効化する現象が確認されている。それとあたしが魔法を使おうとした時も、周囲一帯の土地だけでなく魔法士の魔力すら変動して、魔法が不安定になる現象も確認したわ」

『それはつまり……万全《ばんぜん》の魔法対策が施《ほどこ》されていたってことかい？』

「そんなレベルじゃないわよ。あたしの《亡雄の旅団》ですら、その魔獣の影響《えいきょう》を受けて動きが鈍ったり、魔力を減殺されたせいで簡単に潰されたりしたんだから」

『……なるほど。第十界層の魔法すら阻害《そがい》されたとなると、さすがに楽観視していい状況じゃ無さそうだ。送った増援を引き返させて、専門の調査隊を送ることにするよ』

「はいはい、よろしく。こっちは生徒たちからもう一度話を聞いてみるわ」

通信を切ってから、アルマは近くで待機していたファレグに声を掛ける。

「それで、あんたたちは実際に魔獣と戦闘《せんとう》にまで至ったのよね？」

「……はい。探索《たんさく》中に未知の魔獣と遭遇し、私を庇《かば》おうとして共に行動していたヴァルクとルーカスが負傷しました。その後は外見から竜型魔獣の一種と判断し、匂《にお》い消しのために群生していたホルワッカの草上を歩き、熱感知を行えないように木々の一部を燃やして、二人を連れて洞窟《どうくつ》に逃《に》げ込んでから救助を待とうと判断しました」

「なるほど。危険な状況の中で最善の判断をしたわね。偉《えら》いわよ」

にかりと笑いながら、アルマはファレグの肩を力強く叩く。

「とりあえず、向こうに仮設の休憩所《きゅうけいじょ》があるから休んできなさい。試験の評価についても今回は全員不問となるから安心していいわ。だけど……この件については他言無用よ」

そしてファレグだけでなく、その場にいるミリス、ウィゼルたちにも視線を向け、面倒そうに頭をガリガリと掻《か》く。

「なにせあたしたちは前日に『危険指定区域』の中にいる魔獣の処理をしているし、当日の試験中にも教員を配置してしっかり監視《かんし》していたはずなのよ」

「えと……つまり見張っていたのに、どこからともなく現れたってことですか？」

「そういうこと。正直あたしたちの監視網《かんしもう》に穴があった可能性も否定できない。だから、現状は様々な可能性を考慮《こうりょ》して、慎重《しんちょう》に調査を進めなきゃいけないってことよ」

ミリスの言葉に対して、アルマは言葉を濁《にご》した。

その理由は容易に想像できる。

学院側は事前に『危険指定区域』の中を調査していたし、当日も人員を配置していながらも……大型魔獣、それも数十を超える数の進入を許す形となった。

それが不慮《ふりょ》の事故でないのなら……第三者、もしくは学院側の人間が大型魔獣を引き入れたという可能性も否定できない。

国交関係も含《ふく》めれば生徒さえも容疑者の一人になり得る。

そのあたりの調査も必要だと考えたからこそ、アルマは他言無用としたのだろう。

「まぁうちのクラスだけじゃなくて他のクラスの子たちも目撃《もくげき》してるし、調査が終わるまで外部の人間には吹聴《ふいちょう》しないで欲しいって程度のもんよ」

そう答えてから、アルマは深々と溜息《ためいき》をついた。

「そんじゃ他の子たちは行っていいわよ。ただし正座している二人は残りなさい」

「生徒なんだから俺たちも帰してくれよ」

「今日のお夕飯、しょっぱいものがいい」

「うっさいわ。いいからこっちに来なさい」

二人の首根っこを掴《つか》むように、アルマがずるずると連れ去っていく。

そして人気《ひとけ》がないところで、アルマは話を切り出した。

「それで閣下、エルリアちゃんにも情報って流していいのよね？」

「ああ、構わない。むしろ武装竜についてはエルリアの方が詳《くわ》しいかもしれねぇな」

「うん……あれは昔も対処が難しかった」

エルリアが神妙《しんみょう》な面持《おもも》ちでこくこくと頷く。

しかし、アルマの反応は思っていたものと違っていた。

「……そう、あの魔獣って『武装竜』って名前なのね」

「そう言うってことは、お前も知らない魔獣ってことか」

「ええ。少なくともあたしは『魔法に影響を及《およ》ぼす魔獣』と戦ったことは一度もない。その上、あたしだけじゃなくてヴェルミナンの子も知らないって言っていたのが問題ね」

「そういや……あの坊主《ぼうず》の家って魔獣に関連のある家系だったっけか？」

「ええ。ヴェルミナン家ってのは、魔獣討伐《まじゅうとうばつ》によって功績を立ててきた家系なのよ。今までに討伐《とうばつ》した経験のある魔獣だけでなく、各地における魔獣についての情報や生態についても常に収集している。そんな家の子が『知らない』って答えたのよ？」

「あいつの知識不足ってことは考えられないか？」

「あの子が答えた竜型魔獣の性質と習性を利用した対処は正しかったわ。それがなかったら戦闘に入って負傷者二人を連れて逃げることなんてできないし、洞窟に辿《たど》り着く前に間違いなく食い殺されていたでしょうね」

そうファレグの能力を正しく評価してから、エルリアに視線を向ける。

「あー……閣下から聞いた話から考えるに、本当だったら様付けした方がいいんだろうけど……ぶっちゃけ面倒だから普段《ふだん》通りでいいわよね？」

「うん。ちゃん付けで呼ばれた方が嬉《うれ》しい」

「そんじゃエルリアちゃん、あの魔獣って具体的には何なの？」

「武装竜の生息域は山岳や峡谷、特に鉱物資源が採取できる場所を棲《す》み処《か》にしていて、主食となる鉱物によって特異な外殻《がいかく》を形成する竜型の魔獣。だけど……魔法を無力化するほどの外殻を形成したのなら、人為的《じんいてき》に魔鉱石を与《あた》えられていた可能性が高い」

「……それって、間違いなく今の時代の話じゃないわよね？」

「…………うん」

エルリアがこくんと頷くと、アルマの表情が険しくなっていく。

「それなら……余計に分からなくなってくるわね」

そして、アルマは静かに語り始める。

「あたしは魔法歴史学を専門にしてるから、『魔法に影響を及ぼす魔獣』って存在自体は聞いたことがあるのよ。だけど、そいつらは現代に一匹たりとも残っていないわ」

「……残っていない？」

「徹底的《てっていてき》に狩《か》り尽《つ》くされたのよ。魔法が主流である以上、魔法に影響を及ぼす存在は何よりも脅威《きょうい》として見なされて、変異元となった獣《けもの》すらも一匹残らず討伐された……それが数百年前のことで、完全に絶滅《ぜつめつ》したことを確認《かくにん》したと公的な記録には残っているわ」

それはつまり――

「――そんな魔獣は、現代に存在しないはずなのよ」

そうアルマは断言した。

終章

後日、学院から事件の詳細が公開された。

正体不明の大型魔獣が試験中に乱入したこと。

その魔獣の正体については、追跡《ついせき》調査を行っても分からなかったこと。

前日、当日に配備された職員の身辺調査など行い、不審《ふしん》な点や行動、当日の居場所や行動についても第三者から証言が取れ、学院側に今回の件を手引きした人間はいないことが確認できたこと。

引き続き学院側は第三者による犯行の可能性を考慮して調査を行い、警備の強化と専門の対策チームを設置すること。

包《つつ》み隠《かく》さず公布されたことで一部の生徒たちは不安を浮かべたものの、その後の対処についても明確に提示されていたことから、幾分《いくぶん》か不安を拭《ぬぐ》うことはできただろう。

しかし、レイドたちは別の疑問を抱くことになった。

千年前に存在し、絶滅したはずの魔獣が現代に蘇《よみがえ》る。

それはまるで――千年前にいた『英雄』と『賢者』が現代に転生したのと同じだ。

その件がレイドたちに関係しているのかは分からない。

しかし……自分たちが揃《そろ》って現代に転生したことと無関係であるとは思えない。

そんな疑念を抱きながら、レイドたちは再び学院生という日常に戻《もど》ったが――

「――おい……待てエルリア、それだけはダメだって言っただろ……ッ!?」

ベッドに視線を向けながらレイドが頭を抱《かか》える。

そこには……幸せそうに寝《ね》ているエルリアの姿があった。

「二度寝《にどね》だけは絶対にするなって言ったよなッ!?」

「んゅ……まぶしい……」

「そりゃもう朝だからなッ!!」

「だけど……まだ、ねむい……」

太陽の光から逃げるように、エルリアがもぞもぞと枕《まくら》に顔を埋める。

そのせいで寝巻《ねまき》が捲《まく》れ上がり、真っ白な太ももが露《あら》わになっていたり下着が見えていたりしたが、レイドにはそんなことを気にする余裕《よゆう》すらなかった。

「分かる！　眠《ねむ》いのは分かるッ！　試験休みを返上して調べ物とかしたしなッ!!」

「うん……だから、レイドも寝よ……？」

「違《ち》うそうじゃないッ！　今日から授業があるってことだからなッ⁉」

「んぅ……起きるの、いやぁ……っ」

言葉を掛けても、エルリアは顔を埋めながらイヤイヤと首を振っていた。

しかし、始業時間は刻一刻と迫《せま》ってきている。

普段だったら風呂《ふろ》に入れて覚醒《かくせい》を促《うなが》していたが、今日はそれもできない。

「おい今回はさすがに洒落《しゃれ》にならねぇんだッ！　お前が遅刻《ちこく》なんてしたら、俺がアリシアさんに文句を言われるどころか婚約《こんやく》解消すら叩《たた》きつけられるんだぞッ⁉」

「ん……だっこ……」

「そこはおんぶで妥協《だきょう》しねぇかッ⁉」

「………やだ。だっこがいい」

エルリアが不満そうな表情で頭をふるふると揺らす。ワガママ放題か。

仕方なく、レイドはエルリアを起こすためにその身体を抱える。

そして、『ぽけぽけ』のエルリアを脱衣《だつい》所まで運《はこ》び込《こ》んだ。

「ん……ありがと……」

「おう……ッ！　それじゃ急いで着替《きが》えようなッ⁉」

「うん……わかった……」

ぼんやりとした半眼のまま、エルリアはこくんと頷き――

その場で服を脱《ぬ》ぎ始めた。

視界に肌色《はだいろ》が映った瞬間、レイドは反射的に首を後ろに向ける。

「あれ……下着がない……」

「たぶんあるからしっかり探せッ！」

「制服ってどこ置いたっけ……」

「それは籠《かご》の上に用意しておいたッ!!」

「ん……わかった……」

ふにゃふにゃとした声で答えてから、ごそごそと衣擦《きぬず》れの音が聞こえてくる。

「あれ……このブラウス……ボタンの数が合わない……」

「それは絶対に勘違いだから下からゆっくり留《と》めていけッ!!」

「でも、合わないもん……」

レイドが目を開けると、エルリアがブラウスのボタンをめちゃくちゃに留めた状態のまま頬を膨らませている。

「やっぱり……数が合わない……もういい……」

「諦《あきら》めんなよッ！　もうちょっと頑張ればキッチリ留まるからッ!!」

「……そこまで言うなら、レイドがやって？」

頬を膨らませたまま、エルリアがずいと距離《きょり》を詰《つ》めてくる。

「わたしだとできないから……レイドにやって欲しい」

ぼんやりとした表情のまま、エルリアが両手を広げながら胸を張る。

そんなあられもない姿のエルリアと、時計を交互《こうご》に見てから——

「よし分かった留めてやるから待っとけッ!?」

「レイド、ボタン留めるの上手……職人の技……」

「そいつはありがとうよッ!!」

「うん……すごいすごい」

ぼんやりとした言葉と共に、エルリアはレイドの頭を撫《な》で回していた。

そうしてエルリアの身支度《みじたく》を終え、半分くらい寝ているエルリアを引きずりながら部屋を出た頃《ころ》には、始業の鐘《かね》が鳴る数分前となっていた。

◇

寝ぼけたエルリアを背負って教室に入った瞬間。

「あっ……お二人が来たぞッ!!」

その言葉を合図にするかのように、クラスメイトたちが集まってきた。

「レイド様ッ！　先の条件試験で大型の竜《りゅう》を討伐したとは本当なのですかッ⁉」

「しかも相手は未知の魔獣《まじゅう》だったのでしょうっ⁉」

「それを他の方々を守りながら、たった一人で相手にしたのですかッ⁉」

そう口々に問い掛《か》けてくるクラスメイトたちに、レイドは困惑《こんわく》しながら応対する。

「……それって誰《だれ》から聞いたんだ？」

「ファレグ様が教えてくださったのですっ！　試験中に目撃した大型魔獣がどうなったのか皆《みな》で話していた時、レイド様が討伐されたと仰《おっしゃ》っておりましたっ!!」

「なんでも大型魔獣を殴り飛ばして、上空にまで吹き飛ばしたとかッ！」

「やはりエルリア様と同じ第十界層の魔法《まほう》をお使いになったのですか⁉」

「もしや、あの一帯を吹き飛ばしたのもレイド様なのですか？　それともエルリア様とご一緒にされたんでしょうかっ！」

その言葉を聞いて、レイドは教室内にいるファレグに視線を向ける。

遠く離《はな》れた席で騒《さわ》ぎの渦中《かちゅう》を見ていたファレグだったが、レイドの視線に気づいた途端《とたん》、面白《おもしろ》くなさそうに顔を背《そむ》けていた。

その様子に苦笑《くしょう》を浮《う》かべながらも、レイドは他のクラスメイトたちに断りを入れて定位置となっている席に向かっていく。

「二人とも、今日はずいぶんと遅かったな」

「あら、今日のエルリア様は一段とぽけぽけしてますねー」

「ああ……さすがにヤバイと思った……」

目を閉じながら、腕《うで》にしがみついているエルリアの頭をぽんと叩く。

すると……その目がゆっくりと開かれた。

「あれ……ベッドじゃない……？」

「記憶が寝起《ねお》き前後に戻ってるじゃねぇか……」

「レイドが……すごく、近い？」

「それは俺じゃなくてお前が近いだけだ」

レイドが説明すると、エルリアの目が覚醒していくようにぱっちりと開かれる。

そして……わなわなと震《ふる》えながら、真っ白な頬が赤く染まっていった。

「ご、ごめんなさい……っ」

「気にすんな。これくらいは一度や二度じゃないしな」

　ついそんな言葉が口から出た時、レイドは自分の失態に気づいた。

　エルリアに顔を向けると……先ほど以上に顔を赤くしながらぷるぷると震えている。

「一度や二度じゃない……っ⁉」

「あー……そういや普段は席に置いてから元に戻ってたもんな」

「ふ、普段だと……わたし、何してたの……？」

「まぁ、珍《めずら》しく早起きしたと思ったら抱《だ》きついてきて二度寝したり、寝ぼけたまま俺の頭をずっと撫で回したり、下着姿のまま脱衣所から出てきたり――」

「…………～～～～ッ」

　それ以上は聞いていられなかったのか、エルリアが両手で顔を覆《おお》ってしまった。

　そして行き場のない羞恥心《しゅうちしん》を発散するためか、エルリアが俯《うつむ》きながらぽこぽことレイドの背中を叩いてくる。

　そんな二人の様子を見て、ウィゼルとミリスは何度も頷いていた。

「いやぁ……私たちの知らないところでも存分にイチャついてますねぇ」

「むしろ二人きりの時にイチャつくのは正しいことだろう。一番の問題はオレたちや周囲の目がある中でも無自覚にイチャつきすぎて、もはや慣れつつあることだ」

「……そこまで言われるようなことしてたか？」

「さ、さすがに外ではしてない……っ」

「それでイチャついてないとか、二人のラインはどうなってるんですか……」

「まぁ節度は守っている方だろう。夫婦仲《ふうふなか》が良好なのは素晴《すば》らしいことだ」

「『夫婦《ふうふ》じゃなくて婚約者《こんやくしゃ》』」

「妙なところで息を合わせてくるのはやめろ」

二人が同時に否定すると、ウィゼルが眼鏡の位置を直しながら表情を改める。

「それで……昨日の夕食の時に、オレたちに話したいことがあると言っていたな」

「あ、そういえばそんなこと言ってましたね。それってなんなんですか？」

それはエルリアと話し合って決めたことだ。

自分たちが何者であるのか。

過去にどのような存在であったのか。

その事実について、信頼《しんらい》できる人間に打ち明けることにした。

まだ知り合って一ヵ月にも満たない二人だが、その人柄《ひとがら》などは正しく把握《はあく》している。

それに……権力を持つカルドウェンの人間や学院側に話せば大事になりかねないため、影響が少ない人間の反応を見たかったというのもある。

なにせ、思わず笑ってしまいそうな話だ。

まともな人間なら聞いたとしても失笑《しっしょう》するだけだろう。

「まず俺が『英雄』って呼ばれていた人間で」

「それで、わたしは『賢者』って呼ばれていたエルフで」

だからこそ、レイドたちも笑いながら今の自分たちについて語る。

たとえ荒唐無稽《こうとうむけい》な話だろうと、自分たちに起こった出来事の多くに謎《なぞ》があろうとも、それらについて悲観するほど気にする必要はない。

なにせ、二人は『英雄』と『賢者』と呼ばれた最強の存在だ。

たとえ何が起ころうとも、二人でいれば何が起ころうとも問題はない。

しかし、そんな二人でも千年前には想像できなかった光景がある。

しかし、きっと二人が心のどこかで待ち望んでいた光景――

「「千年後に転生して――今は色々あって、婚約者になった」」

かつて敵同士であった、『英雄』と『賢者』が肩《かた》を並べて笑い合う光景が。

あとがき

平素よりお世話になっております。藤木《ふじき》わしろでございます。

今作は実にシンプルな発想から生まれました。

マンガといった創作物などにおいて、敵対していたライバル関係の相手が死闘を繰り広げた末に死ぬというシーンがあったりしますよね。

そこで彼らはこんな感じのことを言ったりします。

「俺たち……立場が違っていたら、友達になれたのかもな……ッ!!」

そう言ってライバルたちは劇的な死によって幕を引くことになります。

それに対して私の中にある僅かな漢気が「だったら生き返らせて友達にさせてやんよ!!」と反応し、しかしながら「それで本当に蘇ったらどうなるんだろう?」という疑問が生まれたことによって探究心が刺激され、最終的に「かわいい女の子に求婚されたい」という欲望に従ったことによって、『転生婚』といった形になりました。

そんなこんなで物理最強の『英雄』と魔法最強の『賢者』が夫婦となり、新世界を爆速で成り上がりつつ、「引っ込み思案で口下手な賢者ちゃんは、自分の口で英雄くんに想いを告げることができるのか⁉」といった話になっております。

ぜひ、がんばる賢者エルリアちゃんを応援してあげてください。

シンプルすぎて語ることが尽きました。

今回は珍しくあとがきのページ数が多いので非常に困ります。

ということで作品における裏話をしていきましょう。

私は登場人物の名前を決める時、めちゃくちゃ時間を掛けます。

それは口に出した際の語感だったり、その名前が持つ意味であったり、その名前によってどのような印象を受けるかなど……そんなこんなで名前だけで三日とか使ったりします。

しかしながら作家にとって登場人物とは自分の子供にも等しい存在でもあり、名前とは人生を左右する重要なものだからこそ大事に考えてあげたいという親心なわけです。

たとえば今作の主人公『レイド』という名前には、本来の意味である「強襲」「急襲」といった攻撃的な部分、ＭＭＯゲームにおける「レイドボス」という「複数人で相手をしなければ勝てない強力な存在」としての意味、そしてｒａｙという光線や一筋の光という意味からどのような状況も打開する『英雄』としての暗示、それを過去形にすることで名前そのものに『過去の英雄』という設定部分や今後の伏線が仕込まれていたりします。

こうして「なんかスゲー色々と考えている！」みたいな雰囲気を出してみましたが、実際は三十秒くらいでそれらしい理屈をくっつけただけなので信用しないでください。

今後の展開は明日の私が素晴らしい物を作ってくれると信じています。

そんな『理屈と膏薬は何処へでも付く』という話でオチをつけたところで謝辞です。


担当様。毎度ありがとうございます。今回も色々と大変だったでしょうが、私はその裏でゲームに勤しんでおりました。〆切は守ったので怒らないでください。いぇい。

イラスト担当のへいろー様。素晴らしいイラストの数々をありがとうございます。担当と共に「男衆がイケメンで誠に眼福でござる」と合掌して眺めておりました。

そして今作に携わっていただいた方々、手に取って今作をお読みいただいた読者の方々に最大の謝辞を送らせていただきます。

藤木わしろ

HJ文庫 https://firecross.jp/
1007

英雄と賢者の転生婚 1
～かつての好敵手と婚約して最強夫婦になりました～

2022年5月1日　初版発行

著者――藤木わしろ

発行者―松下大介
発行所―株式会社ホビージャパン

〒151-0053
東京都渋谷区代々木2-15-8
電話　03(5304)7604（編集）
03(5304)9112（営業）

印刷所――大日本印刷株式会社

装丁――木村デザイン・ラボ／株式会社エストール

ISBN978-4-7986-2825-7　C0193